La mort viendra, petite

W0415402

ISBN : 2-86930-155-3
ISSN : 0764-7786

Titre original : *After Dark, My Sweet*
© 1955, Jim Thompson
© 1988, Editions Rivages
27, rue de Fleurus - 75006 Paris
10, rue Fortia - 13001 Marseille

Jim Thompson

La mort viendra, petite

Traduit de l'américain
par Luc Chomarat

Collection dirigée par
François Guérif

rivages/noir

Du même auteur dans la même collection :

Liberté sous condition (n° 1)
Un nid de crotales (n° 12)
Sang mêlé (n° 22)
Nuit de fureur (n° 32)
A deux pas du ciel (n° 39)
Rage noire (n° 47)
Les Alcooliques (n° 55)
Les Arnaqueurs (n° 58)
Vaurien (n° 63)
Une combine en or (n° 77)
Le Texas par la queue (n° 83)

CHAPITRE PREMIER

J'ai pris le tramway pour sortir de la ville, puis je me suis mis en marche, pointant mon pouce chaque fois que je voyais arriver une voiture. J'étais assez bien habillé : chemise blanche, pantalon marron et chaussures de sport. J'avais pris une douche à la gare et je m'étais fait rafraîchir dans une école de coiffure, alors dans l'ensemble j'avais l'air correct. Mais personne ne s'est arrêté. De nombreuses personnes avaient été agressées par des stoppeurs dans le coin, et les gens n'étaient pas d'accord pour prendre le risque.

C'est vers quatre heures de l'après-midi, après avoir fait quelque chose comme quinze kilomètres, que je vis le relais. Je le dépassai d'un petit bout de chemin, puis je ralentis, me débattant avec moi-même. Je perdis la partie (ce qu'il y avait de sensé en moi la perdit) et je revins sur mes pas.

Le patron déposa une bière devant moi. Il ramassa la monnaie que j'avais laissée sur le comptoir, se rassit sur son tabouret et s'empara d'un journal. Je dis quelque chose à propos de la chaleur qu'il faisait aujourd'hui. Il grogna, sans même lever les yeux. Je dis que c'était un joli petit coin qu'il avait là, et qu'il savait y faire pour tenir sa bière au frais. Il grogna de nouveau.

Je sentis mes cheveux se dresser sur ma nuque, et je baissai les yeux sur ma bière. J'ai senti — j'ai su — que je n'aurais jamais dû entrer ici. Je ne devrais jamais aller nulle part où les gens risquent de ne pas se comporter gentiment et poliment avec moi. Je n'en demande pas plus, vous comprenez. Qu'on soit juste aussi aimable avec moi que je le suis avec les autres. J'ai été soigné dans quatre endroits différents, et le registre dit toujours à peu près la même chose :

« William (« Kid ») Collins : blond, très beau garçon, grande force physique, habile. Tendances criminelles légères ou nulles, suivant les facteurs environnants. Névroses multiples, légères (assujetties à l'environnement). Psychose, Korsakoff (pas de syndrome) dus au choc ; aggravés par le tourment. Traitement : repos absolu, nourriture et environnement stables et sains. Collins est aimable, poli, patient, mais peut se révéler très dangereux s'il est provoqué... »

Je finis ma bière et en commandai une autre. Je refluai jusqu'aux toilettes et me lavai la figure à l'eau froide. En me regardant dans la glace, je me suis demandé où je serais demain à cette heure-ci et pourquoi je me donnais la peine d'aller où que ce soit vu que c'était partout la même chose. Je me suis demandé pourquoi je n'étais pas resté là où j'étais — à une semaine et quinze cents kilomètres de là — et s'il n'était pas plus intelligent de faire demi-tour. Bien sûr, ils n'avaient pas été d'une grande aide, là-bas. Trop de types, pas assez de personnel, pas assez de fric. Mais ils avaient été plutôt gentils avec moi, et si la bougeotte ne m'avait pas repris, et si ça n'avait pas été si facile de faire la belle... Vous comprenez, c'était si facile, vous auriez pu croire qu'ils n'attendaient que ça.

Je n'avais eu qu'à m'éloigner à travers champs et rentrer dans la forêt. Et quand j'ai débouché sur la grand-route de l'autre côté, il y avait un type qui réparait un pneu à sa voiture. Il ne m'a pas vu. Il n'a jamais su ce qui lui était tombé dessus. Je l'ai traîné à l'abri des bois, j'ai pris les soixante-dix dollars qu'il avait sur lui et j'ai continué à pied jusqu'en ville. J'ai grimpé dans un train de marchandises qui passait la frontière de l'Etat, et depuis je n'ai pas arrêté de me déplacer... Non, je n'ai pas vraiment amoché le type. Je suis devenu un peu plus dur avec les années, mais j'ai très rarement amoché quelqu'un pour de bon. La nécessité ne s'en est jamais présentée.

J'ai compté ce que j'avais en poche, y ajoutant mentalement ce que j'avais laissé sur le bar. Quatre dollars. Un peu moins de quatre dollars. Je me dis que, peut-être, je ferais mieux de faire demi-tour. Les docteurs disaient que j'étais en progrès. Personnellement ça ne m'avait pas frappé, mais...

J'ai compris que je ne reviendrais pas. Je ne pouvais pas. Le type ne m'avait pas vu quand je l'avais cogné mais bon, vu que je m'étais taillé dans ces eaux-là, ils savaient probablement que c'était moi. Et si je revenais ils me le mettraient sur le dos. Sinon il n'y aurait pas de problème. Probable qu'ils n'auraient même pas signalé ma fuite. A moins que le type soit un maniaque ou un ponte quelconque (quelqu'un de public, vous voyez ce que je veux dire) ils le signalent très rarement. C'est de la mauvaise publicité pour eux, et de toute façon ça n'intéresse pas les gens en général.

Je quittai les toilettes et revins au bar. Il y avait une grosse familiale garée devant la porte, et une femme était assise sur un tabouret proche du mien. Elle ne me parut pas fantastique — pas à ce moment-là, non. Mais la voiture avait tout pour me plaire. Je la saluai poliment d'un signe de tête et lui souris dans le miroir comme je m'asseyais.

— Fait rudement chaud, dis-je. Ça donne soif, pas vrai ?

Elle tourna la tête vers moi. Elle prit son temps pour ça. Elle me détailla des pieds à la tête avec beaucoup d'attention.

— Je vais vous dire, répondit-elle. Si ça vous intéresse vraiment, je vais vous donner ma théorie sur le sujet.

— Bien sûr, ça m'intéresse. Allez-y.

— Ça tient en cinq lettres, dit-elle.

Elle se détourna et se remit à son verre. Je repris ma bière. Ma main tremblait un peu.

— Quelle journée, dis-je, me marrant tout seul. J'allais vers le sud avec un copain à moi, Jack Billingsley — je suppose que vous connaissez les Billingsley, les gros propriétaires ? — et notre voiture est tombée en panne, et j'ai marché jusqu'au prochain garage pour trouver de l'aide. Bon, je reviens avec la dépanneuse, et sacré nom ce cinglé de Jack s'est barré. Ce qui s'est passé, j'imagine, c'est que...

— Jack a démarré la voiture tout seul, dit-elle. C'est ça qui s'est passé. Il s'est mis à votre recherche, et d'une façon ou d'une autre vous vous êtes manqués sur la grand-route. Maintenant il ne sait pas où vous êtes, et vous ne savez pas où il est.

Elle finit son verre, un Martini double, et fit signe au patron. Il lui en prépara un second et me jeta un regard appuyé en le posant devant elle.

— Ce fichu cinglé de Jack, dis-je en riant et en secouant la tête. Je me demande où diable il peut se trouver. Il aurait dû se douter que je viendrais l'attendre dans un endroit comme celui-ci.

— Il a probablement eu un accident, dit-elle. En fait, je crois que j'ai lu quelque chose là-dessus.

— Mais, heu, vous n'avez pas pu...

— Hmm... hmm. Il était avec une jeune femme du nom de Jill. Vous avez lu ça aussi, hein, Bert ?

— Ouais... (Il me regardait toujours avec insistance.) Ouais, je l'ai lu. Pas beaux à voir, mon bon monsieur. Ça leur a défoncé le crâne. Si j'étais vous je ne les attendrais pas plus longtemps.

J'ai joué les abrutis, du genre bien brave. J'ai dit que je n'allais certainement pas attendre beaucoup plus longtemps.

— Je crois que je vais prendre une dernière bière, et s'il ne s'est pas montré d'ici là je retourne en ville et je prends l'avion.

Il me servit une autre bière. Je l'entamai, mes yeux commençaient à me brûler, quelque chose me remontait en dedans. Ils m'avaient repéré, et traîner dans le coin ne me ferait aucun bien. Mais quelque chose m'empêchait de partir. Je ne pouvais pas plus leur échapper que je n'avais pu le faire avec le Crack de Burlington cette nuit-là, des années avant. Le Crack aussi s'était foutu de moi, profitant des corps à corps pour me traiter de tous les noms. Il ne voulait pas s'arrêter ; exactement comme eux. Je ne pouvais pas m'en aller, et c'était pareil avec eux. Je ne pouvais pas le faire s'arrêter, et je ne pouvais pas le faire avec eux non plus.

C'est revenu avec la clarté d'un néon. Les lumières m'arrachaient les yeux. La poudre de colophane, l'odeur d'ammoniaque m'étouffaient. Et au-dessus du tumulte de la foule, j'entendais cette voix hystérique qui hurlait :

« — Arrêtez-le ! Arrêtez-le ! Il va le tuer ! C'est un meurtre, un meurtre ! »

Je levai mon verre et finis ma bière d'une seule goulée. J'aurais voulu pouvoir partir. J'aurais voulu qu'ils me laissent en paix. Et ils n'avaient pas l'air d'y venir.

— En parlant d'avions, disait-elle, j'ai entendu une histoire à crever sur un type qui prend l'avion. Réellement, j'ai cru mourir de rire quand j'ai...

Elle s'arrêta, rit, porta son mouchoir à sa bouche.

— Pourquoi vous lui racontez pas ?

Le patron me désignait avec un sourire moqueur.

— Ça vous dirait d'entendre une bonne blague, pas vrai, vieux ?

— Oui, sûr. J'aime bien les bonnes histoires.

— Alors, dit-elle, celle-là va vous tuer. C'est un vieil homme avec une longue barbe blanche qui prend l'avion de Los Angeles pour San Diego. Le billet fait quinze dollars, mais il n'en a que douze. Alors ils le balancent à Oceanside.

J'attendis. Elle n'ajouta rien. Finalement, je demandai :

— Oui, m'dame ? Je ne saisis pas.

— Touche-toi. Tu saisiras peut-être quelque chose.

Ils me faisaient de grands sourires. Le patron pointa son pouce vers la porte.

— Allez, mec. Disparais.

— Mais j'ai rien fait. Je me suis conduit correctement. Vous n'avez pas le droit...

— Fous le camp ! aboya-t-il.

— Je ne vous ai rien demandé, dis-je. Je suis entré ici pour attendre un ami, et je suis propre et correct et poli. Et... et j'ai fait l'armée et je suis allé à l'université... Je suis allé à l'université pendant un an et demi et... et...

Les veines de mon cou enflaient. Tout se brouillait, devenait rouge et brumeux.

J'entendis une voix, sa voix à elle, qui disait :

— Du calme, petit. Ne t'emballe pas.

Et d'après ce que je voyais d'elle à travers la brume, elle n'était pas si mal. Elle avait l'air plutôt gentille et jolie, à présent — quelqu'un avec qui vous auriez voulu être ami.

Le patron cherchait à m'attraper par-dessus le comptoir.

— Non, Bert, laisse-le tranquille ! dit-elle, puis elle poussa un cri.

Parce qu'il m'avait saisi par le collet et quand il fit ça je l'attrapai. Je lui ai serré le cou avec le bras et je l'ai traîné à moitié sur le comptoir. Je l'ai frappé si fort que ça m'a démoli le poignet.

Je l'ai lâché. Il a glissé derrière le bar, et je suis parti en courant.

CHAPITRE II

Curieux comme on peut se tromper sur les gens au début. Par exemple, le premier effet qu'elle m'a fait c'est qu'elle n'avait rien de bien terrible — juste un pilier de bistrot femelle plein aux as. Et elle picolait effectivement. Même moi je pouvais voir ça. Mais je me trompais du tout au tout sur sa mine. Elle était jeune. J'ai trente-trois ans et elle ne pouvait pas avoir plus. Elle était jolie — belle, je dirais — quand elle se pomponnait un peu. Elle avait eu longtemps une existence difficile, et ça se lisait sur son visage. Mais elle avait tout ce qu'il fallait où il fallait. Et parfois — souvent, en fait — elle pouvait être aussi agréable à vivre qu'à regarder.

J'avais à peine parcouru quelques centaines de mètres quand la familiale s'arrêta à ma hauteur, et elle ouvrit la portière à la volée.

— Monte, dit-elle en souriant. Il n'y a pas de problème. Bert ne te fera pas d'ennuis.

— Ouais ? Il n'en aura pas l'occasion, madame. Je m'étais juste arrêté là-dedans une minute, et maintenant je calte.

— Je te dis qu'il n'y a pas de problème. Bert est la dernière personne au monde à faire appel aux flics.

De toute manière, on ne retourne pas là-bas. Je t'emmène chez moi.

— Chez vous ?

— C'est tout près d'ici. (Elle me sourit, donna une petite tape sur le siège.) Allez, monte. Sois un bon petit.

Je montai, plutôt dérouté, me demandant pourquoi elle se comportait si gentiment alors qu'elle était tellement garce le moment d'avant. J'avais à peine ouvert la bouche qu'elle répondait à la question.

— J'avais deux bonnes raisons, dit-elle. D'une part, je ne voulais pas que Bert sache que je m'intéressais à toi. Moins un type comme lui sait ce que je fricote mieux je me porte.

— Quoi d'autre ?

— L'autre raison... Eh bien, je voulais voir comment tu réagirais. Si tu en avais. Si tu étais vraiment le genre de type que je croyais que tu étais.

Je lui ai demandé à quel genre de type elle faisait allusion. Elle haussa les épaules, avec un peu d'impatience.

— Oh, je sais pas. Peut-être... Probable que ça ne fait aucune différence, de toute manière.

La grand-route plongeait dans un petit bois, flanqué d'un étroit chemin qui partait vers le sud. Elle tourna dans le chemin, et environ cinq cents mètres plus loin, juste derrière la crête d'une petite colline, on arriva chez elle.

C'était une grande baraque blanche bâtie dans une clairière au milieu des arbres. Ça devait avoir été un chouette endroit dans le passé. C'était encore assez chouette, mais rien à voir avec ce que ça avait dû être. La peinture avait terni et s'en allait par endroits. Quelques marches du devant s'incurvaient vers le bas. Des briques de la cheminée s'étaient répandues sur le toit, et certaines cloisons étaient rongées de rouille. La pelouse n'avait pas l'air d'avoir jamais été entretenue. L'herbe était si haute qu'on pouvait à peine voir le perron.

Elle arrêta la voiture, resta un moment à regarder par la vitre. Puis elle soupira, secoua la tête, marmonna quelque chose comme quoi le travail était la plaie des buveurs.

— Bon, on y est.

Elle ouvrit la portière.

— Au fait, je suis Mme Anderson. Fay Anderson.

— Très heureux de vous connaître, madame Anderson.

— Pas autant que moi. C'est un rare privilège. Je ne crois pas avoir jamais rencontré avant un homme qui n'avait pas de nom.

— Oh ! pardon, dis-je en riant. Mon nom est Bill Collins.

— Non ! pas le Bill Collins.

— Ben, heu, je ne sais pas. Je suppose que c'est moi.

— Inutile de t'en faire pour si peu. Tout le monde a ses défauts.

Elle redevenait garce à nouveau. Je devais découvrir qu'elle passait tout le temps de l'un à l'autre — gentille la minute d'avant, agressive la suivante. Tout dépendait de comment elle se sentait, et ça, ça dépendait de la dose d'alcool qu'elle avait absorbée. Quand c'était juste la bonne dose (et ça aussi, ça variait d'une heure à l'autre) elle était gentille. Sinon, si c'était trop ou pas assez, elle devenait mauvaise.

— Eh bien, amène-toi, siffla-t-elle. T'attends quoi ? Que je te balade sur mes épaules ?

J'hésitai, à la recherche de quelque chose à dire. Elle jura entre ses dents.

— Inquiet, monsieur Collins ? Vous avez peur que je vous déleste de vos possessions matérielles ?

J'ai ri et j'ai dit que non, bien sûr.

— Je me demandais juste... Eh bien, et votre mari ? Vous disiez que...

— Il ne te dévalisera pas non plus. On ne le laisse sortir de sa tombe que pour la fête nationale.

Elle sortit en claquant la portière, s'éloigna rageusement de quelques pas, puis je crois qu'elle reprit en quelque sorte son contrôle, et elle revint.

— J'ai un gros steak dans le réfrigérateur. J'ai de la bière au frais et à peu près tout ce que tu veux en matière de boissons. J'ai d'assez bons complets qui appartenaient à mon mari, et... Mais laisse tomber. Fais comme tu veux. Tu n'as qu'à demander et je te ramène sur la grand-route.

J'ai dit que je n'étais pas spécialement pressé de retourner sur la grand-route.

— Je me demandais juste... Je veux dire, qu'est-ce que je peux faire pour vous ?

— Qu'est-ce que j'en sais ?

Sa voix se faisait cassante à nouveau.

— Quelle différence ? Et qui es-tu pour aider qui que ce soit ?

— Bon, je pense que je vais entrer un moment.

On est entrés par la porte de derrière. Elle est restée dans la cuisine pour servir à boire, et je suis passé dans le salon. Tout était sens dessus dessous, comme dans la cuisine. Le mobilier était de bonne qualité — ou plutôt il devait l'être à l'origine — mais ça ne formait pas un tout. Ça avait un petit air incomplet, vous voyez ce que je veux dire, comme si il y en avait eu davantage à une époque.

Je me suis baladé dans la pièce, à regarder à droite et à gauche. J'ai trouvé des coupures de journaux sur le buffet et je me suis mis à les parcourir. C'était toutes des photos du même gosse, un petit de sept ans du nom de Charles Vanderventer III. Je les ai reposées sur le buffet et je me suis assis.

Elle est arrivée avec les verres. Elle avait apporté la bouteille avec. Pendant que j'en buvais un elle en buvait trois.

— Bill Collins. (Elle se renversa sur son siège et me regarda.) Bill Collins. Tu sais, je crois bien que je vais t'appeler Collie.

— Si vous voulez. Beaucoup de gens m'appellent Collie.

— Parce que tu as une tête à ça. Stupide et poilu, avec un grand nez pour fouiner dans les affaires des autres. Qu'est-ce que tu avais en tête en fouillant dans ces coupures de journaux ?

— Je ne fouillais pas. Elles étaient là, c'est tout, alors j'y ai jeté un coup d'œil.

— Hmm-hmm. Bien sûr. Tout naturel.

— Vous, heu... vous connaissez sa famille ?

J'essayais simplement de faire la conversation. De faire passer sa mauvaise humeur.

— Vous avez un lien quelconque avec eux ?

— C'est mon arrière-arrière-petit-fils, dit-elle. Parmi les branches les plus défavorisées de la famille. Je sais que tu ne me croiras pas, mais ils ont à peine quarante malheureux millions de dollars.

Elle se versa un autre verre, le remplit de whisky aux trois quarts. Elle se renversa à nouveau sur son siège, du rose aux joues, un éclat mauvais jouant dans ses yeux noirs.

— Tu es plutôt rapide avec tes grosses pattes,

Collie. Rapide et efficace. Tu n'as jamais boxé en professionnel ?

— Un peu. Il y a longtemps, j'ai fait quelques combats.

— Qu'est-ce qui s'est passé ? Un coup de trop sur la tête ?

— Ma tête va très bien, dis-je. J'ai arrêté avant d'en prendre un sérieux.

— Et quand es-tu sorti de prison ? La dernière fois, j'entends ?

J'ai fait mon possible pour continuer à sourire. J'ai dit que bon, à vrai dire j'avais eu quelques accrocs avec la police. Comme tout le monde. Jamais rien de grave. Juste des petits malentendus et des contraventions et tout ça.

— Oulà ! (Elle leva les yeux au ciel.) Tous aux abris, les copains !

— Je vais vous dire un truc, madame Anderson. Je voudrais rectifier une idée erronée que vous semblez avoir de moi. Je suis loin d'être stupide, madame Anderson. J'en ai peut-être l'air, mais je suis loin de l'être.

— Faudra officialiser ça, Collie. Tu me fais une déposition, cosignée par deux témoins, et je prendrai la chose en considération.

— Je ne suis pas stupide. Je n'aime pas qu'on me traite comme si je l'étais. J'ai été sur la brèche presque toute ma vie. J'ai bossé dans des coins où il était difficile de parler avec quelqu'un sur un pied d'égalité. D'avoir une conversation intelligente. C'était difficile. Alors j'ai perdu le truc en quelque sorte.

— Vous êtes en compagnie de Bill Collins jusqu'à dix-huit heures, où le flash vous sera présenté par...

— J'essaie d'expliquer quelque chose. Pourquoi

n'écoutez-vous pas poliment ? Je disais qu'à force de pas trop parler, on finit par avoir l'air bizarre quand on parle. Un peu guindé et maladroit, vous comprenez. On manque de confiance en soi.

— La ferme !

— Mais je...

— Tu vas la fermer, oui ? Quelqu'un vient !

Elle bondit sur ses pieds et courut dans la cuisine. Je la suivis. Je l'ai regardée ouvrir la porte de derrière et se diriger vers le perron. La nuit tombait à présent. Les feux d'une voiture balayèrent les arbres avant de s'éteindre. Le conducteur tapa une rengaine sur son klaxon.

Fay Anderson rit et descendit les marches.

— Ça va, Collie. Ce n'est qu'oncle Bud.

— Oncle... Oncle Bud ?

— Sers-toi un autre verre. Sers-en trois. On est là dans une minute.

Ça ne dura pas une minute. A mon sens, ce fut plus près de trente. Et bien sûr je ne pouvais pas entendre leur conversation, mais j'avais une vague idée qu'il était question de moi.

J'ai servi les trois verres, et je les ai bus.

CHAPITRE III

Son vrai nom c'était Stoker, Garret Stoker. Ce n'était pas son oncle, et je doute qu'il fût l'oncle de qui que ce soit. Mais tout le monde l'appelait oncle Bud. Il avait dans les quarante ans, je crois. Il avait des cheveux de neige, prématurément blanchis, le regard chaleureux et amical, et un sourire qui vous faisait du bien chaque fois qu'il l'enclenchait. Je ne sais pas comment elle l'avait connu, et elle ne le savait probablement pas non plus. Parce que c'était ce genre de type, si vous voyez ce que je veux dire. Des types comme oncle Bud, vous les voyez une fois — devant un verre, par exemple — et vous avez l'impression de les avoir connus toute votre vie. C'est l'impression qu'ils vous font.

Avant d'avoir compris comment vous leur notez votre adresse et votre numéro de téléphone quelque part, et avant peu ils vous font une petite visite, ou vous passent un petit coup de fil. Juste comme ça, amicalement, vous comprenez. Pas parce qu'ils veulent quelque chose de spécial. Tôt ou tard, évidemment, ils veulent quelque chose de spécial. Et quand ils en arrivent là c'est affreusement difficile de leur dire non. Peu importe ce qu'ils veulent. Même si c'est un truc comme ce que cet oncle Bud-*là* avait en tête.

Il m'a broyé la main, et il a dit que c'était un grand honneur de me rencontrer. Puis, toujours accroché à ma main, il s'est tourné vers Fay.

— Vraiment je comprends pas, Fay. Je suis toujours persuadé que tu blagues. Tiens, j'aurais parié du fric qu'il n'y avait pas un homme, pas une femme, pas un gosse qui n'ait entendu parler de Kid Collins dans tous les Etats-Unis.

— Parie avec moi, dit-elle. Je te fais du deux contre un.

— Eh ben... (Il rit, lâcha ma main.) Est-ce que cette petite dame n'est pas un cas, Kid ? Incapable de rester sérieuse. Mais elle est droite, tu comprends, un vrai petit pote, et ses vannes c'est juste pour rigoler. Ça ne veut rien dire d'autre.

— Oui, monsieur, je comprends.

— Voyons, maintenant. Quand était-ce, ton dernier combat, le grand ? C'était pas, heu...

— C'était... c'était en 1940. Le Crack de Burlington. Il s'est fait... (Ma voix dérapait.) Je veux dire, ce n'était pas un très grand combat, monsieur.

— Bien sûr, bien sûr. Terminé avant la limite. Mais c'était quand même un beau combat. C'était à, heu... j'en discutais l'autre jour avec un pote, et il prétendait que c'était à Newark. Moi je disais que c'était à, heu...

— C'était à Detroit, dis-je.

— C'est ça. C'est ça, exactement ! s'exclama-t-il. Detroit 1940, une victoire en quatre reprises. Qu'est-ce que je te disais, Fay ? Je t'avais pas dit que je connaissais son palmarès dans tous les sens ?

Fay émit un grognement et se cogna le front.

Oncle Bud me fit un clin d'œil, et je le lui rendis et souris.

Il commençait à me plaire vraiment.

Fay déclara que si on voulait dîner, on pouvait fichtrement bien se le faire nous-mêmes. Alors c'est ce qu'on a fait. Oncle Bud a pilonné le steak et l'a mis sur le gril, pendant que j'épluchais les pommes de terre et les coupais en lamelles. Il s'est occupé de la sauce et des épices. J'ai préparé du café et de l'eau glacée.

— Eh bien, Kid, dit-il pendant que ça cuisait, je suis content que tu aies décidé de t'installer. Maintenant que tu as trouvé de vrais amis, des gens qui t'admirent et s'intéressent vraiment à toi...

J'ai tiqué.

— M'installer ? M'installer où ça ?

— Eh bien mais, ici, où d'autre ? dit-il fermement. Notre petite amie a besoin qu'on veille sur elle, et il y a un chouette petit appartement au-dessus du garage. Parfaitement, tu n'as qu'à entrer, Kid. Laisse-toi aller quelques jours. Repose-toi, évite les ennuis à Fay, et je verrai ce que je peux faire pour toi. J'ai dans l'idée que je pourrais te trouver quelque chose de pas mal.

Il appuya du chef et tourna le steak.

Je glissai que peut-être, il avait déjà quelque chose en vue pour moi. Ça l'a fait rire.

— T'es rapide. Je l'avais dit à Fay. Je lui ai dit : « Fay, il en a peut-être bavé, mais si c'est bien Kid Collins que tu as avec toi, personne ne peut le rouler. Il en a, et il en a aussi dans la caboche. Il connaît toutes les ficelles et il sait s'en servir. Et si tu joues franc jeu avec lui, il jouera franc jeu avec toi. »

— Ecoutez, monsieur. Ecoutez, oncle Bud...

— Oui, Kid ? Vas-y, exprime-toi.

— Eh bien, j'apprécie votre gentillesse, les compliments et tout, mais... mais vous ne me connaissez pas vraiment. Vous essayez juste d'être sympathique, et c'est probable que si vous saviez vraiment quel genre de type je suis, vous ne réagiriez pas de la même façon.

— Je vais te dire, Kid, je m'y connais en hommes, en tout cas. Je sais ce qu'ils font et ce qu'ils ne font pas. Ou pour dire les choses autrement, je sais ce dont ils sont capables ou pas. J'ai été flic ici pendant des années... Fay te l'a peut-être dit ? Bref, j'ai pu trouver de bons plans à pas mal de paumés. Quelques-uns s'étaient déjà essayés à quelque chose, mais la plupart non. Ils n'avaient pas trouvé leur truc. Ils ne pensaient pas que ça arriverait, jusqu'à ce que je leur montre la voie.

— Et maintenant ? Vous n'êtes plus dans la police ?

Pour la première fois, il me regarda de travers. Puis il pinça les lèvres et se remit à remuer les pommes de terre.

— Faut voir, dit-il d'un air absent. Faut qu'on se connaisse mieux. Je pense que tu feras l'affaire — futé, mais pas trop...

— Oui ? dis-je.

— Pas d'importance, Kid. (Son sourire revint.) Il n'y a pas urgence. Faudra qu'on prenne du temps pour ça.

On a dîné. Lui et moi, plus exactement. Fay s'est assise avec nous, mais elle n'a pour ainsi dire rien mangé. Elle s'est contentée de rester assise là, à triturer la nourriture dans son assiette, à boire et à nous couper la parole à chaque fois qu'on ouvrait la bouche.

— Cette fichue baraque, dit-elle avec un regard

furieux pour oncle Bud. Je croyais que tu me la fourguerais aussi sec. Je croyais que tu me ferais faire un joli petit bénéfice dessus. Tu m'as fait acheter ce fichu trou, et puis...

— Ecoute, Fay, dit-il calmement, tout ira bien de ce côté-là. Tu en tireras ce que tu veux, d'une façon ou d'une autre.

— Ah ouais ? (Son regard se troubla.) Et cette voiture pourrie ? J'y ai pratiquement englouti jusqu'à mon dernier sou, et toi tu...

— Ecoute, Fay, tu sais que je t'ai fait une bonne affaire là-dessus. Tu sais bien qu'il te faut une voiture, si tu veux vivre ici.

— Qui veut vivre dans ce bon Dieu d'endroit ?

Elle le cria presque :

— Qui, bon Dieu, m'a fait faire cette connerie ?

— Tu me remercieras. Contente-toi de faire confiance au vieil oncle Bud, et tu te rouleras dans la soie.

Puis il se tourna vers moi. Il me demanda ce que j'avais fait depuis que j'avais abandonné la boxe. J'ai dit que j'avais fait l'armée, juste après avoir raccroché, et que depuis j'avais traîné.

— L'armée, hein ? Ça s'est bien passé ?

— Pas trop mal. C'est ce que je croyais, en tout cas.

Fay éclata de rire. Oncle Bud lui jeta un mauvais regard et secoua la tête.

— J'ai fait de mon mieux, dis-je. Mais ils n'étaient pas très patients, et ils avaient l'air d'essayer de voir jusqu'où ils pouvaient aller avec moi. Alors, ben, j'ai atterri au trou plus d'une fois, et pour finir ils m'ont envoyé à l'hôpital. Et juste après j'ai été libéré.

Il hocha la tête, pensif.

— Hmm... hmm. Tu étais... heu... tu étais okay alors ? C'est juste, heu, c'est juste que tu n'as pas pu te faire à la vie militaire. Bah, c'est courant. A ce que je sais, toutes sortes de gens ont eu ce genre de problèmes.

Fay a ri à nouveau, et oncle Bud la désapprouva à nouveau du chef.

— Sûr, dit-il doucement. Je comprends, Kid. La vie est tout le temps comme ça, semble-t-il. Les gens attendent d'un type qu'il se comporte comme ils souhaitent, mais ils ne feront pas l'effort inverse. Il a peut-être besoin d'un peu d'aide, d'un peu de compréhension, mais quatre-vingt-dix-neuf fois sur cent il n'y aura pas droit.

J'ai dit que je ne voulais pas qu'il se fasse l'idée qu'il y avait quelque chose qui déraillait chez moi. En fait, il n'y avait pas grand-chose qui déraillait chez moi — pas à ce moment-là, pas encore — et j'ai senti qu'il valait mieux le dire. Parce que s'il y a bien un truc qui terrifie les gens, c'est le désordre mental.

Vous pouvez être un ancien détenu, même un meurtrier, disons, et peut-être que ça ne leur fera pas plus d'effet que ça. Ils vous donneront du travail, vous inviteront chez eux, deviendront vos amis. Mais si vous souffrez de troubles mentaux, ou si vous en avez eu dans le passé, eh bien, c'est une autre histoire. Ils ont peur de vous. Ils ne veulent rien avoir à faire avec vous.

Oncle Bud a eu l'air de croire ce que je lui racontais. Je crois qu'il me voyait comme un type qui n'était pas très futé au départ et que le ring n'avait pas arrangé.

— Bien sûr, tu es O.K., Kid. Tout ce qu'il te faut c'est un peu de fric, assez pour te laisser vivre...

— Ouais, mais... Ben, je suppose que je dois

vous dire autre chose, oncle Bud. J'ai… j'ai toujours essayé de bien faire. Jamais fait quelque chose de vraiment mal et…

— Ah, bast ! (Il étala ses mains.) Tout ça, c'est des mots, Kid ! Qu'est-ce qui est bien, qu'est-ce qui est mal ? Moi, je dis que c'est moche qu'un chic type comme toi continue comme ça. Je dis qu'il serait bien qu'il n'ait plus de soucis d'argent pour le reste de ses jours.

— Ouais, je suppose que ce serait pas mal.

— Naturellement. Naturellement, il n'est pas question de faire du mal à qui que ce soit. Tu n'aurais pas à le faire. Faudrait juste exercer une pression sur certaines personnes — des gens qui ne savent plus quoi faire de leur fric — et le leur faire lâcher. Ce serait que justice, non ?

J'hésitai.

— Ben, ça paraît…

Et Fay a violemment reposé son verre.

— Ça paraît pourri ! a-t-elle crié à oncle Bud. Ça paraît horrible, dégueulasse, ignoble ! Je sais pas pourquoi j'ai… je ne marche pas là-dedans, compris ? Tu peux embobiner l'autre idiot, m… mais moi je ne vais pas plus loin, et je… je ne…

Elle s'est levée en pleurant et elle est sortie de la pièce en titubant. Oncle Bud se tourna vers moi et haussa les sourcils.

— Pauvre petite dame. Mais elle se remettra vite. Bon, pourquoi on ferait pas la vaisselle, toi et moi, puis je me sauverai.

On a fait la vaisselle. J'ai essayé de lui parler pendant qu'on s'activait, de lui en faire dire plus sur cette proposition qu'il avait en tête. Mais il n'arrêtait pas de faire dévier le sujet, répondant de plus en plus brièvement. Et pour finir il s'en est pris à moi, en grondant presque, et m'a dit de laisser tomber.

— Oublie ça ! Je te dirai ce que tu dois savoir, quand je déciderai que tu en as besoin.

Il me jeta un regard furieux, ses yeux devinrent vitreux. Et j'étais trop stupéfait pour lui répondre quoi que ce soit. J'avais cru que c'était un brave type, facile à vivre, et là il avait l'air d'une bête féroce.

— Et je vais te dire autre chose ! (Il me frappa la poitrine du plat de la main.) Je ne blague pas quand je dis que tu dormiras dans le garage. Tu dors là-bas, pigé, et tu y dors tout seul ! Pas de rigolade avec la petite.

J'ai acquiescé, blessé, mal à l'aise. Je suppose que je l'avais pas mal regardée dans la soirée, mais je n'avais rien derrière la tête. Je n'avais pas pensé une seconde à essayer d'abuser d'elle.

— Je ferais peut-être mieux de dégager. Si vous croyez que je suis ce genre de type, ça ne m'intéresse pas de rester.

— Ah ! du calme, ne le prends pas comme ça, dit-il d'une voix apaisée.

Et tout à coup, il était de nouveau lui-même.

— Faudra que tu me pardonnes, Kid. Oublie ce que j'ai dit. J'ai eu une dure journée. Je ne pensais pas ce que je disais.

Je l'ai accompagné à sa voiture. On s'est serré la main, et il m'a dit de ne m'en faire pour rien, juste de me laisser vivre. Et qu'il passerait me voir le lendemain. Après ça il est parti, et je suis rentré à l'intérieur. Et naturellement, je ne me sentais pas si bien que ça. Je ne pouvais pas m'empêcher de m'en faire salement.

J'ai bu un ou deux verres. Ça m'a un peu calmé, alors je m'en suis servi un autre. Je suis allé jusqu'au buffet avec, et j'ai à nouveau regardé les coupures de journaux. Je les ai parcourues machinalement, me demandant ce qu'elles faisaient là, et ce que moi je faisais là, et soudain j'ai compris. Soudain j'ai su. Je ne saisissais pas le comment ni les détails, mais je savais de quoi il s'agissait.

J'ai lâché les coupures, comme sous le coup d'une brûlure. Je me suis retourné, et elle était là, juste sur le seuil de sa chambre. Elle était pâle et elle avait l'air dans un sale état, mais elle semblait relativement dessaoulée. Elle s'assit, tendit la main vers la bouteille, et me sourit d'un sourire las et sarcastique.

— Alors, Collie ? dit-elle. Alors, mon grand garçon, mon plus fidèle ami de l'homme ?

— Alors quoi ?

— Tu ne vois vraiment pas ?

Elle se servit un grand verre de whisky.

— On t'a mis le museau dans la merde et tu ne sens toujours rien ?

Je haussai les épaules. Elle vida son verre et s'empara à nouveau de la bouteille.

— Bien sûr que t'as compris. (Elle inclina la tête.) Cette maison, un ex-flic véreux, ces photos et... et toi. Même toi tu peux faire le rapprochement.

— A propos de ce flic véreux. A propos de lui... et de vous. Il se conduit comme si... Je veux dire qu'il m'a dit une ou deux choses qui...

— Oui ? Eh bien, ça fait au moins une chose pour laquelle tu n'as pas à t'en faire. Il n'y a rien entre nous. Et c'est pas près d'arriver.

— Je ne pense pas qu'il voie les choses de la même façon. Evidemment, c'est pas mes affaires.

— Exact. Alors revenons-y, à tes affaires. Ecoute

bien grand-maman Anderson, et après fiche le camp. Parce que je ne le dirai qu'une fois. Il faut un pigeon, Collie. Un abruti parfait garanti inusable. Quelqu'un qui ait du courage à revendre et un déficit total niveau gamberge. Est-ce que cette description te rappelle quelqu'un de ta connaissance ?

— Je ne sais pas trop. Ça correspond en partie à des gens que j'ai connus. Des femmes qui buvaient trop et qui parlaient trop.

— Bam ! (Elle fit le geste de se mettre une balle dans la tête avec son doigt.) Mais je suis mon propre pigeon, Collie. Pour moi toute seule. Oh, il m'arrive de m'y retrouver, mais pour tout dire et dans l'ensemble, histoire d'en caser une... Rectification : d'en caser deux...

— Je croyais que vous deviez me dire quelque chose. Vous en faites tout un cirque, mais vous ne dites toujours rien.

— Mais je vais. Je vais te dire quelque chose. Tout ce que tu as besoin de savoir, Collie. S'il te croyait à moitié astucieux, oncle Bud ne voudrait pas de toi. Il n'est pas très futé lui-même, sinon il serait toujours flic, et il ne se collera jamais avec quelqu'un qui l'est.

— Vous y compris ?

— Oublie-moi. Je ne compte pas. Et tu peux interpréter ça comme tu veux.

— J'ai l'impression que je ne comprends pas, dis-je. C'est vous qui êtes venue me chercher. Vous m'amenez ici pour que je rencontre oncle Bud. Puis une fois que vous avez fait tout ça, une fois que j'ai le pied dedans, vous...

— Déroutant, pas vrai ? Pourquoi ne pas dire, tout simplement, que je suis une follingue, une névrosée fantasque ? Ou peut-être qu'occasionnellement — juste occasionnellement maintenant — j'ai des retours de conscience.

Elle prit une rasade directement au goulot, et le whisky lui dégoulina sur le menton.

— Va-t'en, Collie. Ça fait des mois que ce petit truc mijote, et si tu te barres ça continuera de mijoter jusqu'à ce que ça parte en fumée. Rien n'arrivera sans toi. Personne d'autre ne serait assez gourde pour marcher là-dedans.

— Ben, dis-je, je suppose que...

Et puis il s'est passé quelque chose dans ma tête, et je n'ai pas achevé ma phrase. Ce fut comme si j'avais marché dans mon sommeil avant de m'éveiller en sursaut.

Kidnapping ? Moi, un kidnappeur ? De quoi est-ce que je discutais? Qu'est-ce qui me prenait, bon Dieu ? Je n'avais jamais fait quelque chose de vraiment mal. Juste les babioles qu'un type comme moi doit faire pour survivre. Et pourtant, depuis cet après-midi j'étais... Je bondis sur mes pieds. Je me sentais tout drôle. Pendant une minute tout se brouilla.

— C'est mon grand garçon, c'est mon Collie chéri, dit-elle. Attends une minute, bébé.

Elle se précipita dans sa chambre et revint avec son sac. Elle en a sorti une petite liasse de billets, en a pris un et a pressé le reste dans ma main.

— Je te demanderais bien de rester cette nuit, Collie, s'il n'y avait pas oncle Bud. Je ne veux pas qu'il t'embarque là-dedans, et s'il te voit avant que tu te tires...

— Je sais. Je ferais mieux d'y aller, maintenant.

— Prends la bouteille. Tu as l'air bien seul. Ça tient compagnie une bouteille.

Elle se mit sur la pointe des pieds et m'embrassa.

Et puis elle se coula contre moi un moment, sa tête sur ma poitrine. C'était quelque chose de la tenir dans mes bras, toute de chaleur et de douceur parfumée. J'ai plongé mes lèvres dans ses épais cheveux noirs, et elle a frissonné. Et elle s'est écartée de moi.

— Et toi ? Qu'est-ce que tu vas devenir, Fay ?

— Rien de spécial. Ce que je suis depuis que mon mari est mort.

— Mais je pensais qu'il existait des trucs, une organisation quelconque qui pourrait te venir en aide.

— Ça existe, mais ça ne guérit pas ce que j'ai. Ils n'ont pas encore inventé ça. Quand tu t'es appuyé sur quelqu'un toute ta vie, quand tu en dépendais au point de ne jamais prendre une décision toi-même... Et quand on te l'enlève soudain... Oh, au d... diable tout ça, Collie. Tire-toi maintenant, et bonne chance.

Elle m'alluma la lampe du perron pour que je puisse trouver mon chemin jusqu'au bois. Avant d'entrer sous les arbres, je me suis retourné et je lui ai fait signe.

La lumière s'est éteinte. Si elle m'a fait signe en retour, je ne l'ai pas vu. Tout était noir, et la maison avait disparu avec elle. Comme si ça n'avait jamais existé. Je me sentais un peu triste dans un sens, mais en même temps je me sentais bien.

J'ai remonté le chemin en prenant une rasade au goulot de temps à autre. Deux ou trois fois je trébuchai et tombai, mais ça ne me troubla pas à ce point-là. Et je n'avais pas l'impression qu'il faisait noir, mais grand jour.

L'obscurité, j'en revenais, un cauchemar. Dont j'avais failli ne pas me réveiller. Mais je l'avais fait, j'en étais sorti et il faisait jour à nouveau. J'en avais fini avec cet endroit, pensais-je. Il avait disparu, avalé par l'obscurité. Je n'y avais jamais été et ça n'avait jamais été là.

Mais c'était bien là. J'y allais tout droit.

CHAPITRE IV

Le camionneur me prit la bouteille des mains et en versa un peu dans son Coca. Il la passa à son collègue, l'autre s'en versa dans son café et me rendit la bouteille.

Le patron nous regardait, les sourcils froncés mais pas vraiment en pétard. Il s'était fait un verre ou deux lui aussi, et il était inquiet, pas en pétard.

— Faites ça plus discrètement, dit-il. Si un flic de la route s'amène, il pourrait faire des ennuis.

— Bah ! (L'un des camionneurs me fit un clin d'œil.) Qui voudrait faire des ennuis à Collie ? Collie attend le tramway, rien d'autre.

— Non, pas le tramway. J'attends un copain à moi, Jack Billingsley. Voyez-vous...

— Ben tiens ! (L'autre camionneur se fendit d'un large sourire.) C'est quoi la couleur de son avion, déjà ?

— Ecoutez, ça fait cent fois que je vous le dis. Il est en voiture. C'est...

— Ah ouais ! Une Rolls Royce, je crois ?

— Non. Il a une Rolls Royce — en fait il en a deux — mais il ne l'a pas prise aujourd'hui. Aujourd'hui il a pris la grosse Cadillac décapotable. On a eu un petit ennui avec, alors j'ai marché jusqu'au prochain garage...

— Peut-être que ses chevaux avaient besoin d'avoine...

— Peut-être que son wagon a déraillé...

— Peut-être, dis-je, qu'une paire de petits futés ont envie d'une tête au carré.

Un silence de mort tomba dans la pièce. Les camionneurs cessèrent de sourire et le patron regarda du côté du téléphone, mal à l'aise. Au bout d'un moment, j'ai eu un rire forcé.

— Je plaisante, bien sûr. On est tous là à blaguer et à boire un coup, alors je blague un petit peu aussi. C'était pas plus sérieux que les trucs que vous m'avez dit.

L'un des camionneurs posa de la monnaie sur le comptoir. Ils se levèrent, lui et son collègue, et se dirigèrent vers la porte. Je me suis levé aussi.

— Vous me prenez ? dis-je. J'ai un peu d'argent, et puis il reste du whisky.

— Désolé. La compagnie veut pas de stoppeurs.

— Je peux monter derrière. Prenez-moi jusqu'à ce qu'il fasse jour. Peut-être même pas jusque-là. Je verrai probablement ce fichu cinglé de Jack Billingsley sur la route.

La porte claqua. Puis ce furent les portières du camion. Le moteur vrombit. Ils étaient partis. Le patron me regardait avec insistance. Je le lui rendis. Finalement, il détourna les yeux et se mit à geindre :

— S'il te plaît, mec. Fais-nous de la place, d'accord ? Tu trouveras jamais de bagnole.

— Pas sur la grand-route en tout cas. Personne s'arrêtera pour moi de nuit.

— Mais j'y suis pour rien ! T'as pas le droit de traîner ici, à me faire des ennuis. Les gens vont penser quoi, bon Dieu ? Dès qu'ils entrent ici tu commences à les baratiner...

— Je suis désolé. Je ne dirai plus un mot à personne. Je vais juste attendre sagement qu'il fasse un peu plus clair.

Il grogna, jura entre ses dents.

— Bon, alors dégage du comptoir. Si tu veux juste rester ici, va te mettre dans ce box, au fond.

— Bien, certainement. Ça me va très bien.

J'allai m'installer à la table du fond. Je me fis tout petit dans mon coin et posai la tête sur mes bras croisés. J'étais épuisé par tout ce qui m'était arrivé, sans compter que je n'avais pas vu un lit depuis trois jours. Mais je ne pouvais pas me détendre, sans parler de dormir. Je n'arrêtais pas de penser à Fay, à ce qu'elle avait fait pour moi, et à ce qu'elle allait devenir. Je ne pouvais ni me reposer ni me détendre.

Je me redressai sur mon siège et allumai une cigarette. Je bus deux verres de plus, et je retombai. Pour finir, je m'assoupis. Ou plus exactement, je tombai dans les pommes.

J'ai repris connaissance dans la terreur. Je ne savais pas où j'étais, je ne me rappelais plus comment j'avais atterri là. Je fus sur mes pieds presque avant d'avoir ouvert les yeux, et fonçai vers la porte. La bouteille a glissé de ma poche. J'ai essayé de la rattraper, et ce fut comme si elle me filait entre les doigts. Elle roula sur le sol et je trébuchai à sa suite, en louvoyant et en me cognant à toutes les tables jusqu'à ce que je m'écroule à l'une d'elles.

Un homme l'occupait, un client. Il était assis sur le banc en face de moi. Un type entre deux âges, ou plutôt un type sans âge. Il jeta un regard au patron et secoua la tête. Puis il se baissa et ramassa la bouteille. Il me la fit passer et se remit à son sandwich. Il eut un geste négligent avec.

— Pas mauvais. Je vous en commande un ?

— Non, merci.

— Vous avez tort. Prenez quand même un peu de café.

Je l'ai remercié. J'ai dit que je préférais attendre mon copain Jack Billingsley pour manger.

— Ce fichu cinglé de Jack, dis-je en riant. On allait vers la Californie, en roulant de nuit, vous comprenez, parce qu'il fait beaucoup moins chaud. Et...

Il continuait à manger, les yeux à son assiette. Puis soudain il releva la tête. Il écouta, les sourcils froncés, tout en me regardant fixement dans les yeux et en étudiant mon visage.

— D'accord... (Il posa doucement une main sur mon bras.) Il n'y a pas de mal. C'est une jolie petite histoire, bien inoffensive, et c'est la preuve d'une grande imagination, mais ce n'est pas nécessaire avec moi. Où habitez-vous ?

— Ben...

— Je vois. Comment vous vous en sortez ?

— Comme toujours, à peu de chose près. Pas trop mal, je crois. Pas vraiment bien, vous voyez, mais pas mal.

— Combien de temps que vous n'êtes plus sous surveillance ?

J'ai commencé à dire qu'il y avait quelques jours à peine, mais j'ai changé d'avis en vitesse. Je lui ai dit qu'il y avait plus d'un an. Je lui ai donné le nom de l'endroit où j'étais avant.

— Qu'est-ce que vous diriez d'y retourner ? Vous ne croyez pas que c'est ce que vous devriez faire ?

— Ben, je crois que je devrais, peut-être bien. Je

n'ai pas eu d'ennuis ni rien, mais... vous êtes docteur ?

— Oui. Et moi aussi, je crois que vous devriez y retourner. A moins, bien sûr, que vous n'ayez un ami ou un membre de votre famille pour prendre soin de vous.

— Je n'en ai pas.

— Bien, voyons... (Il se passa la main sur la figure.) Voyons voir. Je me demande s'il ne vaudrait pas mieux...

Il s'arrêta, l'air mauvais, comme furieux contre lui-même.

— Je vais vous dire... Votre nom, c'est Collins ? Eh bien, je vais vous dire, Collins, vous feriez mieux de rassembler tout l'argent que vous pouvez et de retourner directement.

— Oui, monsieur. C'est ce que je vais faire. Probable que je pourrai faire une grande partie du trajet en stop.

— J'aimerais pouvoir vous aider, mais vraiment je n'ai ni le temps ni l'argent pour... C'est tout ce que je peux faire, et déjà je...

— Vous savez ce que je pourrais faire ? l'interrompis-je. Je pourrais peut-être obtenir d'être interné dans cet Etat.

— Un non-résident ? (Il eut un rire bref.) Ce n'est pas que vous seriez tellement mieux loti en tant que résident. Parfois, Collins, parfois je me dis qu'ils les font entrer par la porte de devant et les conduisent directement à celle de derrière.

— Oui, monsieur. Je crois que c'est à peu près partout la même chose.

— Ils n'ont pas les crédits suffisants. De l'argent, il y en a toujours pour les routes, les piscines, les stades de football. Pour tout ce que vous voulez, sauf pour ce qu'il faudrait. Après ça les gens se posent des questions. Quand des tragédies arrivent, ils se demandent comment...

— Tout ira bien pour moi, lui assurai-je. Vous n'avez aucun souci à vous faire, docteur.

— Bien. (Il se mordit les lèvres.) Bien, tenez. Prenez toujours ma carte. Si vous deviez rester dans le coin, et si vous aviez des difficultés — même si ce n'est pas un cas d'urgence, si vous avez simplement envie de parler à quelqu'un — eh bien, n'hésitez pas à m'appeler.

Je l'ai remercié. J'ai dit que je le ferais certainement. Il se glissa hors du box, alla jusqu'au comptoir et régla l'addition.

Il se dirigea vers la porte. Puis il se détourna brusquement et revint à la table.

— Vous êtes sûr que tout ira bien, Collins ? Vous laisserez tomber la bouteille et, heu, vous saurez vous tenir ?

— Oui, monsieur.

— Bien. C'est bien, petit. Retournez là-bas et restez-y, ce coup-ci. Restez-y le temps qu'il faudra.

— Oui, monsieur. C'est exactement ce que je vais faire, docteur.

Il a soupiré. Et il a secoué la tête.

— Vous êtes pas possible ! Vous allez faire ça comment ? Et bon Dieu, au nom de quoi ? Amenez-vous.

— Comment ça, « amenez-vous » ? dis-je.

— Et grouillez-vous ! Avant que j'aie le temps de changer d'avis.

Il habitait en ville, la ville que j'avais traversée le matin même. Il avait une jolie petite maison de briques, juste à la périphérie. Le cabinet donnait sur le devant et l'appartement était au fond. A part le fait que je n'ai pas cessé de penser à Fay Anderson et de me tourmenter à son sujet, les trois jours que j'ai passés là-bas furent parmi les plus agréables que je puisse me rappeler.

Il y avait des tas de livres à lire. Il y avait une grande pelouse sur laquelle je pouvais m'activer chaque fois que ça me démangeait. Il y avait plein de bouffe dans le réfrigérateur. Et j'avais une chambre pour moi tout seul. Je crois que c'est encore ce qui me plaisait le plus. Dans la plupart des endroits où j'ai vécu — si vous voyez ce que je veux dire — on était toujours les uns sur les autres. Par exemple on pouvait être une douzaine dans une unique petite pièce. Quand on ouvrait un œil, ils étaient là à vous regarder. On ne s'y fait jamais.

Plus ça dure, moins c'est supportable. Cela serait déjà assez moche si vous étiez avec des types comme vous, avec le même degré de désordre mental, mais ça n'arrive jamais. Juste quand vous pensez être tombé dans un bon groupe, ils amènent quelqu'un de complètement frappé. Un vrai sinoque — tout ce qui peut se promener sans camisole, semble-t-il. Et avant longtemps vous commencez à devenir un peu sinoque vous-même. Vous ne pouvez pas vous détendre. Comment peut-on se reposer quand on est dans la même pièce qu'un cinglé ?

Là, chez Doc, dans cette grande pièce pour moi tout seul, j'ai vraiment dormi pour la première fois depuis des années. Je n'ai pas pris le moindre médicament après la première nuit. Je n'en voulais pas, et Doc a dit que je n'en avais pas besoin.

Le troisième soir — non, en fait c'était le quatrième —, il vint s'asseoir au pied de mon lit. Il me demanda comment je me sentais, et je lui dis que je ne m'étais jamais senti aussi bien. Il marmonna que c'était parfait, que je devais prendre tout le repos possible afin d'être en forme pour voyager.

— Evidemment, dit-il en évitant de me regarder, tu devras probablement rester plusieurs semaines, peut-être même plusieurs mois. J'ai envoyé un câble à l'hôpital il y a trois jours, mais ces choses-là prennent du temps.

J'acquiesçai.

— Oui. Je ne vois pas pourquoi, d'ailleurs, mais je suppose que c'est comme ça.

— Je voulais te demander, Collie... (Il regardait toujours ailleurs.) Si jamais ils n'acceptaient pas de te reprendre, à cause de ce que ça coûte...

— Oui, Doc ?

— Qu'est-ce que tu dirais de rester ici avec moi ? Il y a plein de choses que tu pourrais faire en échange. L'entretien de la pelouse, de la voiture et ainsi de suite. Tu me serais d'une grande aide, et je crois que je pourrais t'aider un peu aussi et... Eh bien, nous ferions une bonne affaire tous les deux. Qu'est-ce que tu en dis, Collie ? Ça te plairait ?

— Je... je... Excusez-moi une minute, Doc. Je reviens tout de suite.

Je me suis levé et je suis allé dans la salle de bains. J'y suis resté enfermé jusqu'à ce que je sois sûr de pouvoir me contrôler.

Bon vieux Doc, pensai-je. C'était un type formidable, mais c'était aussi le plus grand menteur de la Terre. Il avait eu tout le temps de recevoir une réponse des autorités compétentes. Et je savais qu'il en avait reçu une, et qu'ils avaient refusé de m'envoyer chercher. J'étais presque sûr que ça se passerait comme ça. C'est rare qu'ils envoient chercher un type, sauf si c'est un sujet violent ou un criminel.

A présent, étant donné qu'il n'y avait personne d'autre pour veiller sur moi, Doc avait l'intention de se charger du boulot lui-même. Je me lavai la figure, avalai un verre d'eau. Ensuite je me suis forcé à sourire, et je suis revenu dans la chambre. J'ai dit que j'étais fou de joie à l'idée de rester. Je m'efforçais d'avoir l'air naturel en disant ça, mais je crois bien que ce n'était pas une réussite.

— Ça ne pose aucun problème, Collie. (Il m'observa attentivement, puis regarda à nouveau ailleurs.) De toute façon je te le dirais tout de suite si ça en posait.

— Alors c'est parfait.

— On fait comme ça, alors ? Tu restes ?

— Aussi longtemps que ça ne vous pose pas de problème.

— Aucun. C'est moi qui te demande de rester, et tu dois le faire. Vois-tu, Collie, tu n'as aucun discernement, aucun bon sens. Tu es par nature un garçon honnête, doté d'une fibre morale très développée, mais ça ne suffit pas. Viendra un moment où ça ne suffira pas. Un homme dans ton état est facilement influençable. Pour dire les choses simplement, il est dépendant des autres. Et nous savons, toi et moi, qu'ils ne sont pas toujours dignes de confiance...

Il marqua une pause et alluma sa pipe. Il tira quelques bouffées, puis reprit :

— Parfois ils sont simplement ignorants. Parfois ils sont cruels, ou même criminels. Dans tous les cas, ils jouent avec de la dynamite. Pour tout dire, Collie, il y aurait moins de danger à ce que tu te balades en liberté si tu étais un détraqué affiché —

un vrai sinoque, pour reprendre tes propres termes. Les gens verraient le danger, alors. Bon, là, qu'est-ce qu'ils voient ? Eh bien, ils voient un jeune homme au physique exceptionnellement agréable. Peut-être un peu excentrique, un peu lent à la détente à l'occasion, mais dans l'ensemble parfaitement normal. Alors ils se comportent avec toi comme si tu étais normal, et tôt ou tard, ça ne peut que se terminer par une tragédie. Pour toi comme pour eux. Il te suffit de lire presque n'importe quel quotidien pour voir que j'ai raison.

— Je ne sais pas, Doc. Je me suis pas mal débrouillé pour éviter les ennuis. Je n'ai jamais blessé personne ou fait quelque chose de vraiment grave.

— Qu'est-ce que tu appelles vraiment grave, Collie ? Et comment réagis-tu quand on te blague, ou qu'on t'asticote ? Pas d'importance. (Il sourit et me claqua le genou.) Je suis sûr que tu t'en es très bien sorti, aussi dur que ce fût. Et dorénavant tu t'en sortiras encore mieux. Tu vas rester ici un an ou deux, le temps qu'il faudra et...

Le lendemain matin, il partit faire ses visites vers dix heures. J'ai aussitôt appelé son standard pour signaler qu'il était sorti.

Puis je suis parti à mon tour.

CHAPITRE V

Fay Anderson m'avait donné à peu près trente dollars quand je l'avais quittée, et à ce moment-là j'avais quelque chose comme trois dollars sur moi. Mais à présent j'en avais un peu moins de cinq. Je ne voyais pas ce que j'avais pu faire du reste, que je l'aie balancé ou perdu ou qu'on me les ait fauchés dans cette gargote. Mais c'était le peu qu'il me restait, à peu près cinq dollars.

C'était presque pire que de ne rien avoir du tout. Je ne pouvais pas aller bien loin avec ça. Ce n'était même pas suffisant pour vivre un jour ou deux. Quelques jours avant, cinq dollars ça m'aurait paru pas mal. Mais j'avais changé depuis. Je ne me voyais pas recommencer à vivre comme avant. A me balader et à me faire balader. A dormir dans le ruisseau et à mendier. Et à partir en stop pour des endroits où je me fichais bien d'aller, en fait.

Comme l'avait dit oncle Bud, c'était moche. Vraiment moche. A bien y repenser, certaines choses ne faisaient pas si mauvais effet à côté.

J'ai dépensé quinze *cents* pour prendre le bus. Je suis descendu à proximité de la grand-route, celle qui passait vers chez elle, et je me suis contenté de traîner dans le coin un moment. Je me suis assis sur le banc de l'arrêt de bus. J'ai acheté une glace à un marchand ambulant. Et j'ai fait du lèche-vitrines dans les environs. Je n'arrivais pas à me décider. J'ai toujours eu du mal à prendre des décisions, et celle-ci n'avait rien de simple.

J'ai fait les cent pas le long des vitrines, tout en me débattant avec moi-même et en jouant avec le peu d'argent que j'avais dans mes poches. Je ne voulais surtout pas mettre Fay dans le pétrin, l'amener à faire quelque chose qu'elle désapprouvait. D'un autre côté, le pétrin, elle y était déjà, pas vrai ? Elle ne pouvait pas continuer comme ça, pas plus que moi. Et puis ce serait bon de la revoir. Alors, je pouvais bien lui faire une petite visite, non ? Il n'était pas forcément question de rester.

C'est en regardant la vitrine d'un marchand de vins que je me suis finalement décidé. On y voyait une grosse bouteille au goulot incurvé. C'était du vin, sans plus, mais ça avait un petit air classe, et ça ne coûtait que trois dollars et 98 *cents*. Je me suis dit que ça lui ferait un chouette cadeau. Je pourrais passer lui offrir ça, et ça me donnait une bonne raison pour passer la voir.

J'ai acheté la bouteille. Puis je me suis mis en marche sur la grand-route et j'ai commencé à faire du stop. Personne ne s'est arrêté, mais finalement un camion s'est amené suffisamment doucement pour que je saute sur le plateau derrière.

C'était loin d'être le grand confort, et il faisait à nouveau une chaleur à crever. J'étais ballotté en tous sens, et bien sûr, le vin y avait droit aussi. Et je crois bien qu'il avait encore plus chaud que moi.

On est arrivé près du chemin qui conduisait chez elle. J'ai sauté du camion en marche, et mon vin ne résista pas à ce dernier coup. La bouteille éclata, elle me claqua dans les doigts. Il devait bien y avoir quatre litres de gros vin rouge là-dedans, et j'aurais parié en avoir écopé jusqu'à la dernière goutte.

Je détestais l'idée de me présenter ainsi devant Fay, mais je n'avais pas le choix. Fallait que je me lave et que je fasse quelque chose pour mes vêtements, et je ne pouvais faire ça que chez elle.

J'arrivai là-bas tôt dans l'après-midi. Elle n'était debout que depuis une heure ou deux, alors elle n'avait pas bu grand-chose. Ça représentait déjà une sacrée dose pour quelqu'un de normal, mais pas pour Fay. C'était juste assez pour la mettre de bonne humeur.

— Oh ! Collie ! Espèce de fou, stupide, adorable...

Elle me prit dans ses bras en riant.

— Qu'est-ce qui a bien pu t'arriver, bébé ?

— Ben, je passais dans le coin. J'avais pensé t'amener un petit cadeau, un peu de vin.

— Tout un tonneau, chéri ? (Elle partit d'un grand rire.) Est-ce que tu l'as roulé sur la grand-route et par les bois jusqu'à la maison de grand-maman ?

Elle riait, riait, et pleurait en même temps. Elle me poussa sur une chaise et s'assit sur mes genoux. Et j'ai voulu lui dire qu'elle allait toute se dégueulasser, mais elle ne parut même pas m'entendre.

— Je suis heureuse que tu sois revenu, Collie, murmura-t-elle. J'aurais préféré que tu ne le fasses pas, j'ai prié pour que tu ne le fasses pas. Mais je suis heureuse.

— Je suis heureux, moi aussi. En fait je n'avais pas l'intention de revenir, mais je crois bien que je ne pouvais pas faire autrement. Après t'avoir rencontrée et... et tout ça. Je ne pouvais plus bouffer du béton.

— Tu ne... quoi, Collie ?

— Bouffer du béton. Je veux dire, c'est à ça que me fait penser. Tu avances, tu avances sans cesse, et c'est toujours la même chose. Où que tu sois, où que tu ailles. Tout est gris et dur, aussi loin que tu regardes.

— Je sais. Je sais ce que tu veux dire. Mais... Mais il devrait bien y avoir une issue quelque part.

— Je suppose qu'il y en a une. Il y en a probablement des tas. Mais personne ne me les a jamais indiquées, et je n'ai jamais été capable de les trouver tout seul.

— Mon pauvre Collie. Ces quelques jours ont été durs, mon chéri ? Où as-tu été ?

— Nulle part. J'ai traîné.

J'ai pris un bain et j'ai passé les vêtements qu'elle m'a donnés. On a déjeuné, puis on a encore parlé de tout ça.

D'abord elle a dit qu'on trouverait une autre façon de s'en sortir. Il devait y en avoir une, et on la trouverait. Et quand oncle Bud se pointerait on lui en mettrait une bonne quelque part. Mais elle buvait tout en parlant, à un bon rythme, et sa bonne humeur n'a pas tardé à s'envoler. Alors son point de vue a changé du tout au tout.

— Collie, Collie, le cabot miracle. Pourquoi tu nous déterres pas quelques os, Médor ? Déterre-nous donc une cave, qu'on s'y installe.

— Tu ne devrais pas dire des choses comme ça, Fay. Je sais que tu ne les penses pas vraiment.

— L'autre jour, au relais, je parie que tu croyais avoir levé un joli petit lot. Tu pensais que tout ce qui viendrait avec serait le bienvenu, pas vrai ? Alors vas-y. Prends donc cette fichue bagnole et cette fichue baraque, et vois ce que tu peux faire avec. Evidemment, faudra que tu payes quelques hypothèques avant.

— C'est pas impossible, dis-je. Je veux dire, peut-être que si on avait un peu d'argent, si je pouvais trouver un petit boulot...

— Crétin ! Imbécile ! Qu'est-ce qu'on pourrait te confier comme boulot ? Sourcier en haute mer ?

Une douleur aveuglante me vrilla le crâne. Je lui dis que si c'était là ce qu'elle pensait de moi, je ferais aussi bien de dégager.

— Alors qu'est-ce que t'attends ? cria-t-elle. Fais-le au lieu de toujours causer !

Elle tibuta jusqu'à sa chambre et claqua la porte derrière elle. Je me suis levé et je suis sorti par-derrière. Et puis, au bout d'une minute ou deux, j'ai remonté le chemin vers la grand-route.

Je me rendais bien compte que c'était la meilleure chose à faire. La seule chose à faire. Parce que si elle réagissait déjà comme ça, alors qu'elle ne savait rien de ce que j'avais, comment se comporterait-elle si elle apprenait la vérité ? La plupart des gens normaux sont terrorisés par les malades mentaux. Et elle était loin d'être normale, avec ses nerfs traités à la gnôle. Probable qu'elle ne réagirait pas directement. Elle aurait bien trop peur pour ça. Mais elle ne voudrait rien avoir à faire avec moi — pas plus elle qu'oncle Bud. Et pourtant, si on était complices dans un kidnapping, si j'en savais assez sur eux pour les envoyer à la chaise...

Bon, vous voyez où je veux en venir. Ils devraient se débarrasser de moi. Peut-être qu'ils n'aimeraient pas ça — peut-être pas Fay, en tout cas — mais c'est ce qu'ils se diraient, et ils le feraient.

En tout cas, c'est comme ça que je voyais les choses à ce moment-là.

J'étais presque arrivé à la grand-route quand la voiture d'oncle Bud s'engagea dans le chemin. Il freina brutalement la tête par la portière. Je lui fis un signe de tête, grognai vaguement quelque chose et continuai mon chemin.

— Attends une minute, Kid !

Il sauta de voiture et m'attrapa par le bras.

— C'est une façon de traiter un copain, Kid ? J'ai passé des nuits entières à me faire du souci pour toi, à espérer que tu reviendrais, et maintenant que je te vois...

— Je suis pressé, coupai-je. Je me suis juste arrêté pour dire adieu à Fay. Je m'en vais maintenant.

— Naaaa, non tu ne repas pas, Kid, dit-il fermement. Je vais pas te laisser louper une aussi belle combine. Tu vas grimper dans la voiture, et quoi que ce soit qui te ronge, on... T'es pas fâché contre moi, au moins ? C'est pas cette petite blague qui t'a vexé, cette histoire de dormir seul et tout ça ?

Il me dévisageait anxieusement, l'air peiné. Je lui dis que ça ne m'avait pas fait l'effet d'être vraiment une blague.

— Alors c'est que je disais n'importe quoi. Alors... (il eut un rire gêné) alors peut-être que c'était une blague. Peut-être que je n'aime pas l'idée qu'un autre type pourrait marquer un but avec Fay alors que j'ai même jamais eu la balle dans les mains.

— Eh bien, je ne pensais pas du tout à ça.

— Bien sûr, je sais bien. Mais si jamais tu y penses, Kid, si c'est ce que tu veux et si elle est d'accord, je dirai plus un mot. J'ai trop besoin de toi, tu comprends ? J'ai cherché un type comme toi pendant des mois, et maintenant que je t'ai...

— Je crois que vous feriez mieux de ne plus compter sur moi. Je... je ne crois pas que je m'entende si bien que ça avec Fay.

— Aah, bien sûr que si !

Il me donna une claque dans le dos.

— Elle t'a blagué, pas vrai ? Fais pas attention, elle ne pense pas un mot de ce qu'elle raconte.

— Il y a autre chose. (J'hésitai.) C'est à propos de moi.

— Bah, tu as eu quelques ennuis. (Il haussa les épaules.) Tout le monde en est là. Allez, grimpe, et oublie ces bêtises.

Je savais que c'était la chose à ne pas faire. Il me voulait, alors il était décidé à oublier Fay un moment. Mais dès qu'il en aurait fini avec moi, ou si quelque chose le persuadait que je ne pouvais plus lui être d'aucune utilité...

C'était la chose à ne pas faire, de quelque côté qu'on considère la question. Fay, dans l'état où elle était. Et moi, moi tel que j'étais. Et oncle Bud, la façon dont il me voyait. Et le kidnapping lui-même. Un kidnapping — le crime le plus dégueulasse qui soit. Pourtant, c'était ça ou rien, comme je voyais ça C'était ça, ou bouffer du béton à nouveau. Alors j'ai grimpé dans sa voiture et on est revenu vers la maison. Je voulais croire que tout s'arrangerait, c'est pour ça que je suis revenu. Et en moins d'une heure j'étais de nouveau gonflé à bloc.

Tout était parfait. Tout allait l'être de plus en plus. Oncle Bud le savait bien, et il me le fit savoir.

Il n'a pas essayé de me faire croire que le boulot ne présentait aucun danger. Mais une fois que ce serait fait, on serait en sécurité et le fric tomberait tout seul. On ne tomberait pas dans les pièges qui perdent habituellement les kidnappeurs. Qu'on marque les billets, qu'on note les numéros de série ou que la police place un filet à l'endroit du paiement, on le saurait à l'avance. Oncle Bud avait conservé toutes sortes de contacts dans la police. Il serait au courant de leurs moindres mouvements. Alors s'il y avait effectivement des pièges, ils se refermeraient sur du vide.

On encaisserait un quart de million de dollars, et on s'en tirerait sans casse.

On n'a pas parlé du kidnapping proprement dit ce soir-là. Oncle Bud a dit qu'on y viendrait quand je serais un peu installé. Je n'ai pas discuté. Je me sentais bien. Tout ce qui posait problème — et il n'y avait probablement que ça — je ne voulais pas y penser à ce moment-là.

Fay a émergé. Elle se sentait de nouveau en forme, et on est allés tous les trois jusqu'à l'appartement au-dessus du garage. On l'a nettoyé, on a fait le lit avec des draps propres et ainsi de suite. Après ça on est retournés à la baraque, et au bout d'un moment Fay s'est mise à me blaguer. Mais elle a fait ça plus gentiment qu'autre chose, alors je n'y ai pas fait très attention.

Oncle Bud est parti vers dix heures. Ou plus exactement, il a commencé à partir. Il me serrait la main, quand il se détourna soudain et regarda par la fenêtre.

— Quelqu'un vient ! Eteins cette lampe ! Cache-toi, Kid ! Fay...

Fay se précipita à la fenêtre et regarda au-dehors. Elle est restée là un moment, les yeux collés contre la vitre. J'entendis une portière de voiture claquer.

— Vaut mieux que tu ailles dans la chambre, Collie. Prends ton verre avec toi. Mais oncle Bud peut rester.

Elle se retourna.

— Ce n'est que Bert.

— Bert ! (Oncle Bud était blanc comme un linge.) Tu veux dire le type du relais ? Bon Dieu, si jamais il me voit...

— Qu'est-ce que ça peut faire ?

— Il a dit qu'il me tuerait ! On avait conclu un marché ensemble, et il croit que...

Il s'interrompit, s'empara frénétiquement de son verre.

— Ne dis pas que je suis ici, compris ? Il n'y a personne ici que toi.

— Et la voiture ? Je lui dis quoi ?

— Il ne la reconnaîtra pas ! Dis-lui... Dis-lui que des gens sont tombés en panne sur la grand-route et l'ont poussée jusqu'ici pour la nuit.

J'étais déjà dans la chambre. Il m'a rejoint en vitesse, en laissant la porte entrouverte. Il était réellement terrifié. J'entendais son souffle court dans l'obscurité, et le bruissement de papiers qu'il froissait nerveusement au fond de sa poche. J'ignorais ce qu'il avait fait à Bert, mais ça ne devait pas être de la blague.

Bert n'alla pas plus loin que la cuisine, alors on n'a pas tout saisi. Mais d'après le peu qu'on entendait, ça ressemblait à une visite de pure forme. Fay était une bonne cliente à lui. Il ne l'avait pas vue depuis plusieurs jours, alors il voulait savoir si elle allait bien.

Il ne resta que quelques minutes. Oncle Bud sortit de la chambre derrière moi en essuyant la sueur de son front.

— Bon sang ! (Il en tremblait.) On a eu chaud !

— Hmm, dit Fay, c'est ce qu'on dirait. Qu'est-ce que tu lui as fait comme coup fourré ?

— Mais rien, rien du tout. (Oncle Bud secoua la tête d'un air chagrin.) Bert n'a tout simplement aucun bon sens, vous voyez ce que je veux dire ? On a beau lui expliquer pourquoi la chose n'a pas pu se faire, et ça sans que ce soit la faute à personne, tout ce qu'il veut c'est son pognon.

Fay bâilla et revint s'asseoir. Elle me regarda, ses yeux à nouveau pleins d'un éclat mauvais.

— Eh bien, Collie, que penses-tu de notre tête pensante, le génie qui va faire de nous des nantis ? Un vrai cerveau, tu crois pas ? Tu te rends compte, il a failli y passer, mais il a quand même réussi à arnaquer un bistrotier.

Oncle Bud a éclaté de rire et m'a poussé du coude. Il a dit qu'il ne fallait pas faire attention à Fay, parce que ce n'était qu'une sacrée blagueuse.

— Mais sérieusement, Fay, ajouta-t-il. Il ne faut pas que ce type vienne traîner ici. Si ça doit se reproduire, après qu'on...

— Pas question, coupa Fay. C'est la première fois que Bert vient ici depuis des mois, et je veillerai à ce que ce soit la dernière. J'ai l'estomac solide, mais je pourrais pas en supporter deux dans ton style.

Oncle Bud a éclaté de rire à nouveau. Il était après quelque chose, vous comprenez, et tant qu'il ne l'avait pas les insultes ne comptaient pas. Quelques minutes après il était parti.

Fay et moi on a parlé encore un peu après son départ. Ou plutôt j'ai essayé de lui parler. Parce que ça ne m'a pas tellement réussi. Elle avait descendu quatre ou cinq verres à la suite, alors toute conversation était vouée à l'échec.

— Pourquoi oncle Bud a bon dos avec moi? disait-elle. Eh bien, mais parce que c'est un âne, doublé d'un chameau. *Quod erat demonstrandum,* ce qui, traduit en langue canine, signifie...

— Ecoute, Fay, c'est important. Si tu penses qu'il ne peut pas réussir ce coup-là, ou qu'il pourrait essayer de me mettre dedans...

— Vas-tu cesser de m'interrompre ? Ça veut dire « ne cherche jamais ton nonos au fond d'une bouteille ». Souviens-toi de ça, Collie. C'est le secret de mon succès.

— Bonne nuit.

Je me suis levé. J'étais presque à la porte de derrière quand elle appela « Collie » et me rejoignit dans la cuisine.

— Je ne sais pas, mon chou, dit-elle en passant ses bras autour de mon cou. Il y a quelque chose de sournois en lui. Il t'approche, il t'accroche, et c'est difficile de résister. Mais la façon qu'il a de rouler les gens... Et pour ce qui nous occupe... Un homme qui peut imaginer un truc pareil, Collie, est tout ce qu'on veut sauf régulier. Si ça lui était d'un quelconque profit, et s'il pensait pouvoir s'en tirer sans casse, il doublerait n'importe qui.

— Mais tu ne vois pas comment il pourrait s'y prendre ? Tu le blagues simplement pour le mettre en rogne, comme tu fais avec moi ?

— Quelque chose comme ça. Tu sais, Collie, quand on ne peut pas se sentir soi-même...

— Tout ira bien, dis-je. Tout ira bien après.

— Tu crois ? Tu crois vraiment qu'il peut sortir quelque chose de bien de tout ça ?

— Il le faut, Fay. Il faut bien que ça sorte de quelque part.

On était debout l'un contre l'autre, elle me serrait

fort dans ses bras. Elle se blottit contre moi, et sa robe s'ouvrit un peu. Elle ne portait rien dessous. Elle ploya un peu les genoux, se frotta contre moi. Elle frissonna, prit une profonde inspiration. Ses seins tièdes et onctueux semblèrent soudain se durcir. Puis elle attendit. Je n'avais qu'un petit geste à faire. Et je ne pouvais pas le faire. Avec n'importe quelle grue, oui. Mais pas avec elle. Elle représentait trop pour moi. Il fallait que ce soit important. Plus important que ça ne pouvait l'être à ce moment-là.

Au bout d'un moment Fay leva les yeux sur moi, battit des cils, un léger sourire aux lèvres.

— Eh bien, Collie ? Ça fait partie de ta formation universitaire ? Ne pas abuser d'une dame en état d'ébriété ?

— Je… je ne sais pas.

Je me sentais plutôt ridicule.

— Je veux dire, ben, je ne suis pas vraiment allé à l'université. Juste quelques cours du soir quand je n'étais pas au boulot.

Elle se mit sur la pointe des pieds, m'embrassa, me tapota la joue.

— C'est un bon point pour ceux qui travaillent tard.

— Ecoute, je ne veux pas que tu croies que ça ne me plairait pas…

— Et pour l'abstinence, donc. Au lit, mon ami. Oui, c'est vraiment ce que je veux. C'est une belle histoire, inutile de la salir.

Elle m'embrassa à nouveau et me poussa vers la porte. J'allai me coucher.

CHAPITRE VI

D'habitude, ces quelque quinze dernières années, je détestais voir arriver le matin. C'est une réaction psychotique, vous savez, de ne pas vouloir se réveiller, parce que vous savez que vous allez devoir faire face à plus que vous ne pouvez supporter. C'était arrivé au point que j'étais presque toujours malade le matin. J'avais à peine ouvert les yeux que je commençais à vomir. Ça durait depuis des années, depuis plus de quinze ans, et je crois que j'avais presque oublié que ça pouvait se passer autrement. Mais ce matin-là ce fut différent.

Ce matin-là — le matin qui suivit cette nuit-là —, ce fut comme si toutes ces années n'avaient jamais existé.

Je me suis réveillé à l'aube, et dans l'état où j'étais on n'aurait pas pu me payer assez cher pour rester au lit. Je suis resté allongé bien calmement pendant une minute, comme si je me ressaisissais tandis que l'énergie montait en moi. Puis j'ai bondi, et pendant les dix minutes suivantes j'ai vraiment eu l'air d'un dingue. J'ai sauté à la corde. J'ai boxé dans le vide. J'ai fait une galipette par-dessus le lit, et j'ai achevé le tout en marchant sur les mains jusqu'à la salle de bains.

Je respirais un peu vite, mais ça allait. C'était bon de respirer un peu vite pour quelque chose. Je me rasai, me douchai, utilisant pour ça les articles de toilette qu'oncle Bud m'avait achetés. Je m'habillai et allai jusqu'à la baraque.

Fay dormait encore, évidemment. Elle se levait rarement avant midi. Je me préparai un gros déjeuner, sans faire de bruit pour ne pas la déranger, et après avoir mangé je suis ressorti.

Je me suis assis un moment sur les marches de derrière, et je suis resté là à regarder l'herbe qui m'arrivait à la taille. J'avais l'impression qu'elle ne demandait que ça, qu'on s'y mette et qu'on la coupe à bonne hauteur. Alors finalement j'ai déniché une vieille faux au garage et je m'y suis mis.

En fait de faux, ça n'avait rien de bien terrible, et cette herbe était dure comme du fil de fer. Au bout d'une heure de dure gymnastique, je l'avais à peine entamée.

Je me redressai et me relaxai le dos. J'allai jusqu'au coin le plus éloigné du garage et envisageai le boulot à faire en partant de là. Il me semblait que le mieux était encore de faucher par rang, en commençant d'ici et en allant vers la maison. Je m'y retrouverais mieux ainsi. Non que j'en couperais davantage, mais ça se verrait plus.

Je m'y suis remis. J'en ai fait une bonne largeur, jusqu'aux arbres. C'est là que je me reposais, à l'ombre, quand je vis arriver la voiture. Je me suis dissimulé. Je me demandais qui c'était, parce que je voyais bien que ce n'était pas oncle Bud. Puis le soleil a frappé la plaque d'immatriculation en plein, éclairant le numéro. Et j'ai bondi.

J'ai couru dans sa direction le long du chemin.

Elle s'est arrêtée, et j'ai hésité un moment, haletant, puis j'ai ouvert la portière et je suis monté.

Doc Goldman a pris sa pipe. Il l'a bourrée et a craqué une allumette. Tout ça sans me regarder. Il regardait droit devant lui à travers le pare-brise.

— Je m'excuse, Doc, expliquai-je. Je ne pouvais pas rester. Vous le savez bien. Ce... ce ne serait pas bien. Je n'aurais pas la conscience tranquille.

— Mais quand tu te sauves en douce de chez un ami, ta conscience se débrouille toute seule ? Ça, tu penses que c'était bien ?

Il secoua la tête.

— Ce n'est pas très objectif, Collie. C'est le genre de raisonnement confus et bancal qui peut t'attirer de graves ennuis.

— Ça n'a rien de confus. Je me sentais obligé de le faire, alors je l'ai fait, c'est tout.

— Avec une cruche de vin rouge ? Et dans la benne d'un camion ? (Il eut un rire las.) Non, ça n'a pas été si difficile de te retrouver, Collie. Tu n'as pas ce qu'on appelle un physique anodin. Mais je ne pensais pas que tu irais si loin avec tout ce vin.

— Ce n'était pas pour moi. C'était un cadeau. Je l'ai acheté pour... pour ces gens pour qui je travaille.

— Ici ? (Il désignait la maison avec sa pipe.) Alors, tu mentais quand tu m'as dit que tu ne connaissais personne dans la région ?

— Non. Je veux dire... Eh bien, je ne les connaissais pas vraiment. Je les ai rencontrés cette nuit-là, la nuit où je vous ai rencontré. Un couple âgé. On a bu quelques verres ensemble et...

— Ça suffit, Collie ! J'ai fait une enquête discrète. Je sais qui vit ici.

Je sentis ma figure devenir toute rouge. J'ai voulu lui dire d'aller au diable. Que ce que je faisais n'était pas ses affaires. Mais ce n'était pas le genre de personne à qui on peut dire ce genre de choses. Et de toute façon j'en étais bien incapable. Il avait été chic avec moi, et je savais qu'il ne cherchait qu'à m'aider.

— Elle est veuve, n'est-ce pas, Collie ? dit-il. Elle t'a levé dans un bar, comme bien d'autres femmes avant elle, je suppose, et plus ou moins pour la même raison. Mais comme tu es un type bien, même si tu es un peu naïf, tu n'es pas resté. Tu savais qu'il ne fallait pas, alors tu es parti. Et puis hier tu as changé d'avis. Tu t'es convaincu que ce n'était pas si grave, et tu es revenu pour t'installer.

— Non ! Pas comme vous l'entendez, Doc. Je travaille ici, je travaille vraiment. Vous voyez bien, et vous voyez bien qu'il y a de quoi faire.

Il jeta un coup d'œil à la maison, sceptique, puis à la surface d'herbe que j'avais fauchée.

— Je ne vis pas avec elle, expliquai-je hâtivement. J'ai un petit appartement là-bas, au-dessus du garage. Bien sûr, je l'aime bien. Je l'aime beaucoup, et elle m'aime bien. Et elle a besoin de moi. Elle... elle boit trop et elle a besoin de quelqu'un qui...

— Mais, Collie ! Collie, mon ami ! (Il posa une main sur mon bras.) Tu ne vois donc pas... Tu as très bien compris le danger d'une telle situation il y a quelques jours. Toi, qui es très loin d'être en bon état, avec elle, une alcoolique. Vous deux ensemble ! Une femme dont la conduite est forcément erratique et fantasque, au moins de temps à autre, et un homme que les banales relations de tous les jours peuvent mettre hors de lui.

— Elle a besoin de moi, insistai-je. Savez-vous ce que cela signifie, quand quelqu'un a vraiment besoin de vous pour la première fois de votre vie ?

— Je sais. Mais ça n'empêche pas, Collie !

— Si, parce que quand je me suis réveillé ce matin j'étais heureux. J'étais heureux d'être en vie, Doc, parce que je savais que quelqu'un d'autre en serait heureux. Et ça, c'est parce qu'elle a besoin de moi. Les gens sont parfois gentils, comme vous, mais s'ils n'ont pas besoin de vous, ça ne leur fait ni chaud ni froid, que vous existiez ou non. Et quand ça n'a d'importance pour personne, quand ça continue comme ça d'année en année, Doc, et que tout le monde s'en fout...

Je m'arrêtai. Je pensais avoir dit à peu près tout ce qu'il y avait à dire. Doc s'éclaircit la gorge, gêné.

— D'accord, Collie. (Il soupira.) Je veux bien que tu restes ici, mais il faut la mettre au courant en ce qui te concerne.

Je lui fis un drôle de regard et il ajouta :

— Je peux le faire de façon que ça ne la panique pas.

— Que ça ne... ! Vous lui direz que je suis en cavale d'un asile de fous, que si on me bouscule vraiment je peux éclater et me mettre à défenestrer à tout va. Voilà ce que vous lui direz. Qu'est-ce que vous pourriez bien lui dire d'autre ? Et vous dites que ça ne la paniquerait pas ?

— Ecoute, Collie, je crois être capable de présenter la situation bien mieux que ça. D'un autre côté, c'est pour ton bien, Collie. Pour toi et pour elle. Je manquerais à tous mes devoirs si je ne le faisais pas.

Les veines de mon cou se mirent à enfler. Je me frottai les yeux, essayant de balayer la brume rouge, et je dis... j'entendis une voix qui disait :

— Faites pas ça, Doc. Si vous me faites ça, si je la p...perds à cause de vous, je... je...

Il se tourna sur son siège. Il posa les mains sur le

volant, là où je pouvais les voir, guetter ses mouvements, et il resta simplement assis là, très calme. A me regarder dans les yeux et à attendre.

La brume rouge se dissipa. Ma gorge se détendit. Je me renversai sur le siège. Je me sentais vidé, flasque, complètement abruti. Mais je savais ce que j'avais à faire. J'ouvris la portière et m'apprêtai à descendre, quand Doc me retint. Il me dévisageait avec anxiété.

— Collie. (Il hésita.) Si seulement tu comprenais...

— Je comprends. Je vais chercher mon manteau et on s'en va.

— Non, attends une minute.

Il me regarda, pensif.

— C'est vrai que tu as bonne mine, Collie. Tu as l'air cent fois en meilleur état que quand tu es parti de chez moi.

— Je suis en meilleur état. En tout cas je l'étais, jusqu'à votre arrivée.

Il sourcilla, continua à m'examiner. Il me sembla qu'une heure s'était écoulée quand il parla à nouveau :

— Tu ne me caches rien, Collie ? Je me disais que si Mme Anderson était du genre à lever les hommes dans les bars, elle devait avoir de drôles de relations.

— Ce n'est pas son genre. Elle l'a fait avec moi, mais ça ne veut pas nécessairement dire que c'est son genre.

Lentement, il inclina la tête.

— Eh bien c'est d'accord, mon ami. Pour le moment, au moins jusqu'à ce que tu te sois un peu installé, je n'irai pas la voir.

— Oh ! Doc ! Je... Bon sang, je ne sais pas comment vous remercier !

— Inutile, dit-il, embarrassé. Je ne le mérite pas vraiment.

On a parlé encore quelques minutes. Finalement on s'est serré la main, et il est reparti en marche arrière vers la grand-route au lieu de continuer vers la maison.

Je me suis remis à faucher, mais je n'ai pas tenu longtemps. J'étais trop faible. La tension que j'avais subie quand je croyais qu'il allait voir Fay m'avait complètement vidé.

Je me suis étendu dans l'herbe, la figure au soleil, en espérant que ce genre de chose ne m'arriverait plus jamais. Doc Goldman — Doc, mon ami, le type le plus régulier qui ait jamais vécu. J'avais failli le tuer. Je frissonnai, malgré la température. Doc ; j'avais failli tuer Doc. Et je le tuerais probablement si…

Mais ça n'arriverait jamais. Parce qu'il avait promis de ne pas aller la voir.

Ce n'est que plus tard que j'ai réalisé qu'il n'avait pas promis de ne pas lui téléphoner.

CHAPITRE VII

C'était trois nuits après. On était autour de la table du salon, Fay, oncle Bud et moi. On était penchés sur le plan de la ville et les notes d'oncle Bud. Il y en avait un paquet — les notes, je veux dire. Comme Fay l'avait dit, il avait bien préparé son coup, il avait travaillé dessus pendant des mois. Et il n'ignorait pas grand-chose de Charles Vanderventer III. En fait, je crois qu'il en savait un peu plus long que la propre famille du gosse. Parce que s'ils avaient su ce qu'on savait, et s'ils avaient fait quelque chose à ce sujet, il n'y aurait pas eu de kidnapping du tout.

J'en suis venu à réfléchir à ça après, quand tout le cirque s'est mis en branle. Quand l'alerte a été déclenchée dans quatre Etats et que des milliers de flics ont rappliqué en extra, et que des centaines de suspects ont été arraisonnés et questionnés. Au hasard, je dirais que quelqu'un a dû payer plusieurs millions de dollars pour ça. Et naturellement il est impossible de calculer ce que ça a coûté aux parents, ce qu'ils ont dû traverser.

Et tout ça était tellement insensé, vous comprenez. On aurait pu l'éviter si facilement.

Plus j'y pensais, plus je me disais que Bill Collins

et Charles Vanderventer III étaient plus ou moins dans le même bateau. Je sais que c'est curieux à entendre, mais c'est comme ça. A part Doc Goldman, qui n'avait pas vraiment la possibilité de faire quelque chose, nul ne s'intéressait à nous avant le kidnapping. Nul n'a essayé d'empêcher ça. Ça crevait les yeux qu'il était mûr pour quelque chose dans ce genre, et ça crevait les yeux que j'étais mûr pour ça, moi aussi — moi ou quelqu'un de semblable. Mais personne ne s'est intéressé à notre cas. On nous laissait dériver avec une petite tape amicale de-ci, de-là, mais on se fichait éperdument de nous, tant qu'on se tenait tranquilles dans notre coin.

Mais à ce moment-là nous étions en plein dedans, à comploter ferme. Je revois encore oncle Bud se servir un verre et hausser les sourcils à mon intention.

— Bon, Kid, je pense que ce sont nos deux meilleures chances. Soit le terrain de jeux, soit le cinéma. A toi de dire.

— Voyons, dis-je. Si c'est le cinéma, il faudrait que ça se passe demain ?

— Eh bien, on peut attendre une semaine de plus. Faudrait que ça se passe un samedi. C'est le jour des cow-boys et des Indiens, c'est pour ça qu'il y va ce jour-là.

— Et la nurse le laisse seul un moment pendant qu'elle flirte avec le chauffeur Rogers ?

— Ça lui est arrivé, mais pas si souvent que ça. On ne peut pas compter là-dessus. Tout ce dont on peut être sûrs, c'est qu'elle le laissera seul pour aller se refaire une beauté. Une affaire de quinze, peut-être vingt minutes.

J'hésitai.

— Elle reste toujours aussi longtemps ?

— Je l'ai chronométrée une douzaine de fois, et elle n'a jamais fait moins. Une fois ça a duré une demi-heure. C'est sans doute que les westerns ne la passionnent pas, alors elle prend son temps.

— Il reste un hic. Je ne pourrai pas déjà être dans la salle en uniforme. Il faudra que Fay soit à l'intérieur. Puis quand la nurse partira, elle devra sortir et me le dire.

Fay haussa les épaules.

— C'est dans mes cordes. Et ce sera aussi bien que d'attendre dans la voiture.

— Ouais, dis-je, mais ça laisse comme qui dirait une marge. Il pourrait se passer quelque chose entre le moment où tu viendras me faire signe et celui où j'entrerai dans la salle.

Fay gratifia oncle Bud d'un de ses sourires tordus. Elle avait carburé à la gnole, à une bonne moyenne, et ça l'avait mise dans de sales dispositions.

Il est futé, pas vrai ? dit-elle. Juste au moment où tu crois qu'il ne pourrait pas repérer des trous dans une passoire, il met le doigt sur un truc comme ça.

Oncle Bud la foudroya du regard.

— Je l'avais dit qu'il était futé. Je l'avais dit dès le début.

— C'est juste. Oui, c'est vrai, tu as dit quelque chose comme ça.

— Bien... (Oncle Bud remua sur sa chaise, lui tourna le dos.) Je continue de penser que c'est la meilleure possibilité. Le chauffeur est déjà venu le chercher à l'intérieur. Après tout, le gosse a l'habitude de faire ce qu'on lui dit.

— Il fera ça aussi bien au terrain de jeux, dis-je. Et on n'aura pas à s'occuper de la nurse.

— Mais il faudra le faire appeler, au terrain de jeux. Il sera avec un tas d'autres gosses, tu comprends, et faudra que tu t'adresses à la surveillante. Tout ça prendra du temps.

— Je pense que je ferai avec, dis-je. Ce cinéma est en plein centre ville. S'il y avait le moindre pépin, on ne s'en sortirait pas.

Fay a ri. Elle s'est versé un peu de whisky et a poussé la bouteille vers moi.

— Au petit Collie. Que son flair s'aiguise toujours plus. Tu boiras à ça, oncle Bud ?

Oncle Bud la regarda durement. Puis il rit, lui aussi, et dit qu'il boirait à n'importe quoi.

— Mais vas-y doucement avec ça, ajouta-t-il. Je sais que tu as réduit la dose, mais tu ne pourras pas être bourrée ou avoir la gueule de bois ce jour-là.

Fay lui fit un autre sourire tordu. Puis elle me sourit d'une tout autre façon. Et je compris qu'elle avait l'intention d'être sobre bien *avant* qu'on se mette au boulot.

— Alors ça marche, Kid. (Oncle Bud se tourna vers moi.) On fera ça lundi au terrain de jeux. Demain pas question, c'est le cinéma, et dimanche il reste chez lui. Ça reporte à lundi.

— Vers trois heures, dis-je.

— Vers trois heures. Quelques minutes avant pour plus de sûreté. Le chauffeur, ce Rogers, l'amène au terrain à une heure, et il ne vient jamais le chercher avant trois heures et demie quatre heures.

On passa encore une fois les détails en revue. Au bout d'un moment j'ai enfilé la veste d'uniforme, j'ai mis les grosses lunettes de soleil et j'ai laissé oncle Bud m'examiner.

Il avait acheté tout ça dans une autre ville. C'était exactement l'attirail du vrai chauffeur.

— Hmm-hmm. (Il me fit signe de m'esseoir.) Une

fois qu'on se sera occupé de tes cheveux, tu seras parfait. Tu es peut-être un peu plus grand que l'autre type, mais personne n'ira te mesurer.

— Ces lunettes me gênent, dis-je. Elles me font transpirer, je n'y vois pas très bien.

— Bah, tu n'auras pas à t'en servir beaucoup. Tu ne les mettras qu'à la dernière minute.

J'ai pris mon verre et j'ai avalé une gorgée. Je ne voyais plus rien à dire, et pourtant j'avais l'impression qu'il restait quelque chose.

— Oui, Kid ? (Il m'observait.) Tu te sens un peu nerveux ? Quelque chose te tracasse ?

J'ai dit que je n'étais pas particulièrement nerveux. Que rien de ce que j'avais à faire ne me tourmentait à ce point.

— C'est juste que, heu…

Fay me fit un clin d'œil.

— C'est la question financière qui l'intéresse. Il se sent perdu les poches vides.

— Ben il va vite s'y retrouver, dit oncle Bud. On l'aura dans moins d'une semaine, Kid. Cent mille pour moi. Cent cinquante mille à vous partager, toi et Fay. Correct, non ?

— Ça oui. Je crois que c'est ça qui me tracasse, de penser à tout cet argent. Je veux dire, j'arrive pas à croire qu'on va vraiment en voir la couleur.

— On la verra, dit Fay. On recevra notre part, ou quelqu'un d'autre recevra autre chose.

Oncle Bud alluma une cigarette et jeta l'allumette dans un cendrier. Il tira quelques bouffées rapides, à gestes saccadés.

— Faut pas rigoler avec ça. Le Kid a quelque chose en travers de la gorge, il ferait mieux de le sortir tout de suite.

J'ai dit que ce n'était pas grand-chose, juste une idée qui m'était venue.

— Je me demande juste s'il n'y avait pas moyen de tirer profit de tout ça sans aller jusqu'au bout. On fait un faux kidnapping, vous voyez ce que je veux dire, et puis vous entrez en scène et vous sauvez le gosse, un truc comme ça.

— Ouais ? (Il me regarda, troublé.) Ouais ?

Il se versa à boire, garda ses yeux sur le verre.

— Continue, Kid.

— Ben, probable que la famille vous donnerait une sacrée récompense, et vous pourriez reprendre votre place dans la police. Ce serait loin d'être la même somme, bien sûr, mais Fay et moi on n'a pas besoin de tout ça.

— Mais comment tu goupillerais ça, Kid ? Où sont tes preuves ? Comment je vais jouer les héros si personne ne se fait pincer ?

Je me suis gratté la tête. Ça a fait rire Fay.

— Couché, mon gros. Ça, c'est un bon Collie, ça.

— Pas possible, Kid. (Oncle Bud haussa les épaules.) C'est pas faisable, et c'est tout.

— Non, dis-je, je crois bien que non.

— Naaa, pas possible. Alors on fera comme prévu lundi, et la semaine prochaine à cette heure-c' on sera plein aux as.

CHAPITRE VIII

J'ai fait un drôle de rêve cette nuit-là, un rêve salement angoissant, en fait. Un de ces rêves où tout se révèle être le contraire de ce que vous imaginiez. Ça commençait ce fameux jour où j'entrai chez Bert, et Bert, dans mon rêve, était en fait un brave type. Il ne voulait pas agir comme il l'avait fait. Il l'avait fait parce qu'on le lui avait ordonné. Il ne faisait qu'obéir aux ordres (et je pense que vous comprenez qui les donnait) et c'était la même chose pour oncle Bud.

Le kidnapping n'était pas l'idée d'oncle Bud. C'était celle de Fay. Elle avait tout organisé. Son alcoolisme c'était de la comédie. Elle était très loin d'en boire autant qu'il y paraissait. Toute cette histoire d'être vulnérable et d'avoir besoin de quelqu'un sur qui s'appuyer, c'était de la comédie. Dans mon rêve elle était dure, calculatrice, pourrie jusqu'à l'os. Pour obtenir ce qu'elle voulait elle couchait avec oncle Bud et avec Bert. C'est comme ça qu'elle les avait à sa botte. Mais elle se fichait bien d'eux, et de moi. Et quand elle n'aurait plus besoin de nous, elle ne nous laisserait pas un cure-dent.

C'était très embrouillé, bien sûr, comme tous les rêves. Mais c'est à peu près ce qu'il en ressortait. Il me sembla que ça durait des heures, mais quand je m'éveillai en nage, en train de gémir à haute voix, je vis que c'était impossible. Le réveil indiquait minuit à peine passé, et je ne m'étais pas couché bien avant onze heures.

Je me suis assis sur le lit et j'ai allumé une cigarette. La réalité du rêve s'estompa, et je cessai de transpirer. Mes battements de cœur se calmèrent. J'avais déjà fait ce genre de cauchemar. Les psychiatres m'en avaient expliqué certains. Ils m'avaient montré qu'en dépit des apparences, à la base il s'agissait toujours du même rêve. Au début, le plus souvent, je rêvais que je me faisais tabasser. J'étais sur le ring avec deux ou trois autres types, et ils me descendaient l'un après l'autre. Ou alors il n'y avait qu'un seul type, mais l'arbitre avait été acheté. Ou alors le type en face était une femme, ou un vieil homme avec une barbe, vous voyez ce que je veux dire, je ne pouvais pas rendre les coups. Dans tous les cas j'en prenais plein la gueule.

C'était la pire chose qui pouvait m'arriver. Je veux dire, c'était ce que je croyais au début, quand je n'étais guère plus âgé qu'un gosse. Par la suite évidemment, j'ai compris qu'il pouvait y avoir dix fois pire — comme d'être normal et d'être incapable de le prouver. Ou d'étouffer et de devenir subitement enragé. Ou encore d'être si souvent avec des pervers et des dégénérés que ça finissait par déteindre. Alors c'est de ça que je rêvais.

Je m'étais toujours senti coupable, pour le Crack. Inconsciemment, encore que ce n'était rien à côté de ce que ça avait pu être au début, je recherchais un châtiment. C'est pour ça que je faisais ces rêves, c'est pour ça que j'avais fait celui-là. Perdre Fay, de quelque façon que ce soit, c'était ce que je redoutais le plus. C'était le pire châtiment imaginable, alors dans mon rêve j'y avais droit.

Je suis resté allongé un moment à réfléchir à tout ça, à me dire que c'était idiot. Je commençais à m'assoupir quand une lumière a filtré par la fenêtre. J'ai sauté du lit et j'ai regardé au-dehors.

C'était une nuit claire, toute baignée de lune. J'ai aperçu une voiture, assez loin dans le chemin. Je ne distinguais personne à l'intérieur, ni autour. Rien qu'une voiture noire, garée là tous feux éteints. J'ai mis mon pantalon et mes chaussures, j'ai quitté l'appartement sans faire de bruit et je me suis dirigé vers les arbres.

Le temps que j'arrive à proximité, la voiture a démarré et a reculé vers la grand-route. Mais d'après le peu que j'avais vu, je m'étais levé pour rien. C'était juste un homme et une femme, un type et sa petite amie. Ils étaient venus se garer là pour se peloter un peu, et maintenant ils repartaient.

C'était aussi innocent que ça, mais comme ça venait juste après mon rêve, ça m'a quand même tourmenté. Je n'ai pas pu m'empêcher de penser que ça aurait pu être quelqu'un d'autre. On pouvait très bien se garer là et se glisser jusqu'à la baraque, et dix contre un que je n'en saurais rien.

Je suis retourné me coucher. J'ai mis longtemps à m'endormir. Mais même dans mon sommeil, je continuais à me tourmenter. Je savais bien qu'il n'y avait aucune raison pour ça. Mais quand toute votre vie est entre les mains d'une seule personne, vous n'avez pas vraiment besoin d'une raison pour dérailler.

Le lendemain samedi fut un mauvais jour pour moi. Fay n'a avalé que quatre ou cinq verres, mais comme les brumes de l'alcool se dissipaient elle s'est mise à me poser des questions. Pas comme si elle pensait que je lui cachais quelque chose. Juste comme ça. Elle voulait que je lui parle de moi, comme on fait avec les gens à qui on s'intéresse vraiment. Et je voulais qu'elle s'intéresse à moi. Mais vous voyez le hic.

Je ne pouvais pas lui dire la vérité. Je ne pouvais même pas lui en dire la moitié, tellement ça avait une sale gueule.

A la suite du combat contre le Crack de Burlington, j'ai été inculpé de meurtre. Puis la charge a été réduite à un homicide par imprudence au second degré. J'ai plaidé coupable, et le juge m'a condamné juste au temps que j'avais passé en prison. Je me suis engagé dans l'armée. Ils m'ont mis dehors vite fait avec un certificat médical. Depuis je me suis baladé d'un hôpital à un autre, en prenant des petits boulots dans les intervalles. Je n'avais pas de formation pour un vrai boulot. Je ne pouvais faire état d'aucune référence, et tôt ou tard mon casier me rattrapait.

En gros c'était ça. Ce que je lui ai dit, c'est que j'avais raccroché les gants après avoir estropié un type à vie. Qu'on m'avait interdit le ring après ça, et que de toute façon le cœur n'y était plus. Mais comme je ne savais rien faire d'autre, j'avais plus ou moins traîné depuis.

Ça ne lui a pas suffi. Elle voulait en savoir plus. Mais elle a vu que je me braquais, alors elle a fini par laisser tomber. Je me suis couché de bonne heure, complètement crevé par toute cette histoire. J'ai bien dormi. Quand je me suis levé, j'étais en forme.

Je me suis habillé et je suis allé jusqu'à la baraque. Je me suis remis à faucher tout de suite après avoir pris mon petit déjeuner. Je n'angoissais plus.

Comme ça arrive souvent, j'avais touché le fond du cafard et maintenant je ne pouvais que remonter. Ce n'était pas encore ça mais je remontais vite.

Au bout de deux heures de travail, j'ai entendu Fay s'affairer dans la cuisine. Puis, peut-être une demi-heure après, elle est sortie sur le seuil et elle m'a appelé.

J'ai laissé tomber la faux et j'ai remonté l'allée. Je me suis essuyé partout avec mon mouchoir, la figure, les yeux, les bras. J'ai monté les marches du perron, j'ai ouvert la porte et je suis entré. Et... et je suis resté là à la regarder. Parce que je savais qu'elle était belle, qu'elle avait tout ce qu'il fallait pour ça, mais je n'aurais jamais cru qu'elle pouvait l'être à ce point-là. Je n'aurais jamais cru qu'une femme pouvait.

Ses yeux étaient lumineux, clairs comme du cristal. Ses cheveux avaient cet aspect soyeux, éclatant, et son visage était toute fraîcheur, toute douceur. On aurait dit que ça rayonnait de l'intérieur. Elle portait un short et un chemisier qui laissait les épaules nues. Elle a pris une grande inspiration, tout en me souriant, et ses seins se sont gonflés. Et j'ai vu qu'elle n'avait rien sous son chemisier.

Elle pencha la tête sur le côté.

— Alors ? De quoi j'ai l'air en documentaire sur les méfaits de l'alcool ?

— B... bien. Même sans ça.

— Tu crois vraiment ? Tu n'as pas envie de vérifier sur pièces ?

— Fay, Fay, chérie...

J'ai fait un pas rapide en avant, puis je me suis arrêté, je me suis regardé.

— Je crois bien... Tu es si propre, si jolie et tout, je devrais peut-être...

J'ai hésité, espérant qu'elle dirait que ça n'avait pas d'importance. Et je crois qu'elle a commencé à le dire. Mais c'était très important pour elle, probablement autant qu'un mariage, et dans un sens c'était un mariage. Elle voulait que ce soit parfait, alors, au bout d'un moment, elle a acquiescé.

— D'accord, Collie. Comme je disais récemment, c'est une belle histoire, alors pourquoi la salir ?

— Je reviens tout de suite, dis-je. Dès que je me serai nettoyé un peu.

— Tu sauras où me trouver.

Elle sourit.

— Je serai prête. En fait, je ferais aussi bien de...

Elle joua avec les boutons de son chemisier. Puis elle se détourna et traversa le salon vers la chambre.

Pendant une seconde ou deux je fus incapable de bouger, puis je suis sorti en vitesse. J'ai couru jusqu'à mon appartement. J'ai fait couler l'eau dans la baignoire et je me suis rasé. Une fois rasé, je suis entré dans la baignoire et je me suis décrassé et savonné. Puis j'ai mis des vêtements propres et j'ai redescendu les escaliers.

En tout ça n'avait pas dû me prendre plus de vingt-cinq minutes. Pas davantage. Mais dans ce petit laps de temps, tout a changé pour moi.

Je n'avais pas entendu la voiture. Je n'aurais pas pu avec tout le bruit que je faisais dans la baignoire. Mais elle n'était plus là, et naturellement, Fay non plus n'était plus là. J'ai regardé dans la maison, espérant contre toute raison. Mais elle était partie. Apparemment, elle était partie habillée comme elle était. Elle avait peut-être pris un manteau.

Je me suis assis dans le salon, et pendant un moment je suis simplement resté assis là, les yeux dans le vide, et du vide dans ma tête. Puis, petit à petit, je me suis remis à penser. Et j'ai pensé que tout ça était tellement vain, que c'était si peu nécessaire... Une pièce de plus à mon dossier, pour expliquer comment j'en étais arrivé là.

Doc Goldman. Doc et les douzaines d'autres docteurs que j'avais vus défiler. Ils disaient que je ne voyais les choses que d'un côté, mais merde, à côté d'eux je voyais les choses en huit dimensions. Ils savaient tout de moi — certains d'entre eux, en tout cas. Mais dans un sens ils me voyaient comme quelque chose d'isolé, quelque chose qui tenait tout seul en l'air et pas comme une partie du monde. J'étais un cas, pas une personne. Ce que je pensais ou ressentais avait une importance mineure, si ça en avait une. On ne pouvait connecter ça avec rien. Je ne savais rien, ils savaient tout. Et si je voulais bien me tenir tranquille assez longtemps, un an, deux ans, quinze ans, aucun problème, ils me remettraient sur pied. Parfaitement, ils prendraient soin de mon cas. Si ça ratait c'était pas grave. Parce que entre-temps ma vie aurait passé.

J'ai passé la moitié de ma vie à écouter des docteurs. Mais je ne me souviens pas d'un qui m'ait écouté moi, qui ait réellement prêté attention à ce que je disais. Et pourquoi pas, dites-moi ? J'étais le premier concerné. S'il y avait quelqu'un qui savait bien de quoi je souffrais, c'était moi. J'étais le plus grand spécialiste mondial sur Kid Collins — pas sur son cas, mais sur le Kid *lui-même.* Je savais par où il en était passé, et je savais jusqu'où il tiendrait. Et par-dessus tout, je savais comment les gens le voyaient.

Il n'y avait pas de théorie là-dessus. Il n'y avait pas toute cette salade sur ce qu'on devrait faire ou ne pas faire. J'avais appris, je savais ça de première main, et si on m'avait écouté, si Doc m'avait écouté...

Oh, bien sûr. J'étais sur un sale coup. Mais ça m'avait pris plus de quinze ans pour tomber là-dedeans — plus de quinze ans à me tenir tranquille, à n'être qu'un cas parmi d'autres. Et... et Doc n'était pas au courant, de toute façon. Tout ce qu'il savait, c'est que j'avais l'air d'aller bien, que pour la première fois de ma vie j'avais une raison de vivre. Et pourtant il ne m'avait pas écouté. Ce que je *savais* n'avait aucune importance, simplement ce qu'il *pensait*.

J'ai pris l'annuaire, et j'ai cherché son numéro. Je l'ai composé, et il a répondu immédiatement. J'ai dit :

— Collie.

Et j'ai attendu.

— Collie ? (Il hésita.) Ecoute, heu, où es-tu ?

— Là où j'ai toujours été.

— Mais... (Il s'est éclairci la gorge, mal à l'aise.) Souviens-toi, Collie, je n'avais rien promis. J'ai dit qu'on laisserait les choses comme ça pour l'instant. Que je n'irai pas la trouver, c'est tout. Je n'ai pas dit que je, heu, que je ne téléphonerais pas.

— Je sais. Vous êtes un homme de parole, Doc.

Il resta silencieux un instant. Quand il parla à nouveau sa voix avait changé, comme s'il était un peu en colère.

— Je n'ai pas dit un mot qui puisse l'alarmer, Collie. Au contraire, j'ai fait très attention à la rassurer.

— Alors, faut croire qu'elle est cinglée, pas vrai ? Elle n'aurait pas dû être alarmée, elle aurait dû être rassurée. Mais c'est exactement le contraire qui s'est passé. Elle n'a pas réagi correctement, hein, Doc? Elle est anormale, pas vrai?

— A en juger par son attitude, oui. Elle...

— Je sais. Je me rappelle la fois où on m'a rectifié la colonne trois fois dans le même mois, et la fois où on m'a fait l'électrochoc et la réaction à l'insuline. Le traitement était parfaitement au point, vous savez. C'était pas la faute du traitement si je pouvais ni tenir debout, ni voir clair, ni me rappeler mon propre nom. C'était la mienne. J'avais pas réagi correctement.

— Collie. Ecoute-moi, je t'en prie.

— Je me souviens d'un docteur, dans un endroit où j'étais, un spécialiste des lobotomies. Il en faisait à la chaîne, et naturellement il faisait ça très bien. Mais allez savoir pourquoi, les patients n'étaient pas coopératifs. Ils ne réagissaient pas comme il fallait. Il leur faisait ces préfontales superbes, vraiment du beau travail. Et ces connards refusaient obstinément de s'en sortir indemnes. Ça leur plaisait d'être débiles, c'est pas votre avis? Ça leur plaisait d'être idiots au point de ne même pas pouvoir boutonner leur froc ou compter sur leurs doigts. Ils... (Ma voix se brisa.) La paix. La paix, bon Dieu.

Il y eut un silence. Je pouvais presque voir son regard angoissé.

— Je suis terriblement désolé, Collie, mais tu dois comprendre que je ne pouvais rien faire d'autre. On peut difficilement me tenir responsable si Mme Anderson a réagi de façon totalement déraisonnable.

— C'est le mot juste, Doc. Dites-moi un peu ce qu'aurait été une réaction raisonnable? Elle vit seule, si vous vous rappelez, ses nerfs ne sont pas très solides, et elle me connaît depuis une semaine à peine. Alors, Doc? Qu'est-ce qu'elle aurait dû faire ?

— Eh bien je... Assurément, je ne pense pas qu'elle... (Il marqua un temps.) Bon, écoute, Collie ! J'ai dit que j'étais désolé.

— Vous ne savez pas, hein ? Ou plutôt vous venez à peine de comprendre, et ça ne vous a pas coûté grand-chose. Pourquoi ne vous faites-vous pas le coup à vous-même, Doc? Allez voir quelqu'un de soi-disant normal et dites-lui que vous êtes un malade mental, histoire de voir comment il réagira.

— Collie...

Il était en train de rougir. Je me représentais ça très bien.

— Je l'ai fait parce que je devais le faire. Je regrette que Mme Anderson ait pris les choses ainsi, et je serais heureux si je pouvais... Elle est avec toi en ce moment ?

J'ai éclaté de rire. Je n'ai rien répondu.

— Tu es toujours chez elle ? Bon, reste là, j'arrive immédiatement. Je... Tu sais que je suis ton ami, petit. Je n'ai pas l'intention de te faire un sale coup.

— Je sais. Je suis content de pouvoir m'en souvenir.

— Tu ne bouges pas? Laisse-moi une chance d'arranger ça.

— Je me barre, mentis-je. Je reprends la piste.

— Non ! Non, Collie. Si tu ne te sens pas de rester là-bas, tu dois revenir ici. On fera comme on avait prévu.

— Je m'en vais, Doc. Je reprends la piste, et n'essayez pas de retrouver cette piste-là. Parce que sinon... Peut-être que je me souviendrai plus.

J'ai raccroché.

Une minute après le téléphone s'est remis à

sonner. Il a sonné, sonné, et finalement ça s'est arrêté. Et je suis resté assis là, à regarder dans le vide. Pendant que les larmes déferlaient sur mes joues.

CHAPITRE IX

Je suis resté là à attendre jusqu'aux environs de minuit. Puis je suis retourné au garage, je me suis jeté sur le lit et j'ai attendu. Quand je me suis endormi, à quatre heures du matin, elle n'était toujours pas revenue.

Il était pratiquement midi quand je m'éveillai, et j'eus immédiatement conscience d'une présence dans la pièce. Je restai étendu sans bouger, et les paupières toujours baissées, je coulai un regard entre mes cils.

C'était oncle Bud. Il était assis près du lit, le chapeau rejeté en arrière sur ses cheveux de neige. Il m'observait, ou plutôt il m'étudiait. Son visage si franc était plein d'un air réfléchi, calculateur ; et je pouvais lire en lui comme dans un livre ouvert.

Bon, le Kid est un peu parti, et alors, qu'est-ce que ça peut faire ? Il ne peut pas l'être à ce point-là, d'ailleurs. Il peut toujours m'être utile. Après quoi je m'en débarrasserai... Et Fay m'y aidera. Parce que vu ce qu'elle pense de lui maintenant, elle sera encore plus pressée que moi de le bazarder.

Je m'éveillai ; c'est-à-dire que j'ouvris les yeux. Je pris l'air étonné, et oncle Bud s'excusa d'être entré comme ça. Il dit encore qu'il venait juste d'arriver, et je répondis qu'il n'y avait pas de problème.

Je suis allé dans la salle de bains pour me laver. Quand j'en ressortis, il avait enclenché son grand, large sourire. Toute sympathie, toute compassion pointées droit sur moi.

— Tu sais ce qui s'est passé, Kid ? Fay en avait gros sur la patate quand elle s'est pointée chez moi, et je suis pas sûr de l'avoir complètement remise.

— Je sais ce qui s'est passé, oui. J'ai parlé à mon ami le docteur.

— Une vraie déveine ! Ouais, une vraie déveine. (Il secoua tristement la tête.) Deux personnes qui s'entendaient à merveille comme vous, et il faut qu'un truc pareil arrive. Mais elle s'en remettra, Kid. Laisse-lui simplement le temps de se faire à cette idée, et elle reviendra.

— Bien sûr qu'elle reviendra. Où est le problème ?

— Eh bien... (il me jeta un regard rapide) bien, il n'y a pas de problème. Mais mieux vaut ne rien précipiter, hein, Kid ? On attend qu'elle prenne l'initiative, c'est mieux comme ça. Et en parlant de ça, laisse-toi aller, je vais m'occuper de ton petit déjeuner.

Oncle Bud alla jusqu'à la baraque me préparer un plateau avec du bacon, des œufs et un grand pot de café. Il m'expliqua que Fay était complètement k.-o., qu'elle avait une telle gueule de bois qu'elle pouvait à peine se tenir debout. Et ça nous mettait dans un drôle de pétrin, pas vrai ? On commençait la partie avec un but dans la vue, pas vrai, Kid ?

— C'est sûr. Si on fait ça aujourd'hui, il faut qu'on soit partis dans deux heures.

— Moins que ça, Kid. Moins que ça. Je dirais

bien d'attendre demain, mais comment être sûr qu'elle sera sur pied à ce moment-là ? Quand elle commence comme ça, ça peut durer toute une semaine.

— Oui, je sais.

— Kid... (Il hésita.) Toi, qu'est-ce que tu en penses ? Je pourrais prendre sa place, aller moi-même avec toi pour m'occuper du gosse. Mais je suis plutôt connu dans cette ville, et si on nous voyait ensemble...

— Oui ? dis-je.

— Eh bien, je ne pense pas que ce soit une bonne idée. Peut-être que ça ne changerait rien, et peut-être que si. Comme je vois les choses, ça ne vaut pas le coup de prendre le risque.

Je me versai une tasse de café et allumai une cigarette. Il attendait, dansant d'un pied sur l'autre, il voulait que je prenne le relais. Et je l'ai laissé attendre tout son saoul. Il fallait que je sois absolument sûr, vous comprenez. Il fallait que ça vienne de lui.

— Alors, dit-il finalement, qu'est-ce que t'en dis, Kid ? Qu'est-ce que t'en penses ? Moi, tu vois, je crois que tu peux t'en tirer impeccable. Tu peux faire ça aussi bien avec ou sans Fay.

J'avalais une gorgée de café, l'air d'hésiter, de réfléchir à la chose. Je me composai une expression soucieuse, tout en vidant doucement ma tasse. Il ne perdait pas un de mes gestes. Il se renversa sur sa chaise, passa un bras par dessus le dossier, dans l'espoir de paraître décontracté, mais il l'était si peu que ça ne passait même pas.

Fay avait bien deviné. Il était stupide et il ne valait rien. Suffisait de presser un peu pour que ça sorte. Comme du pus.

— Ben, j'ai pas vraiment d'idée sur la question, dis-je. Mais si vous pensez que...

— Ouais ? Oui, Kid ?

— Si vous pensez que ça ira, bon, c'est d'accord.

— Bien ! Parfait !

Il se leva d'un bond. Il rayonnait.

— Bon, si tu as fini, faudrait qu'on commence à te préparer.

J'ai les cheveux blonds, presque jaunes. Je l'ai peut-être déjà dit ? Bref, ils sont blonds — ils l'étaient — et ceux du vrai chauffeur étaient noirs. La teinture, c'était pour ça.

Je me suis rasé ; de très près. Ensuite c'est oncle Bud qui a pris le rasoir et m'a fait la nuque. Il s'est reculé pour juger de l'effet. Il a retouché tous les petits coins qui m'avaient échappé, puis il s'est mis au travail avec la teinture.

En fin de compte, ça m'a fait une tête plutôt bizarre : J'avais la nuque et les côtés noirs et le reste blond. Mes cils et mes sourcils disparaissaient derrière les lunettes de soleil, alors on n'y a pas touché. J'ai passé l'uniforme au complet, y compris la casquette, les lunettes et les gants. Puis, après qu'oncle Bud ait vérifié que ça allait, j'ai retiré la casquette, la veste, les lunettes et les gants, et j'ai mis mon chapeau. Je portais une chemise sport. Une fois dans la voiture, je ressemblerais à n'importe quel type en vadrouille.

Oncle Bud m'aida à trimbaler l'uniforme en bas. On l'a posé sur le plancher de la familiale, sous le siège avant, et je me suis mis au volant. Oncle Bud m'a souhaité bonne chance. Il exultait — il en riait presque, tellement il était content. J'ai failli rire moi-même. En partant je me suis demandé pourquoi les imbéciles prenaient toujours les autres pour des imbéciles. Pourquoi ils se croyaient toujours plus futés que les autres. Parce que je n'étais pas censé être très astucieux, naturellement, mais même un débile mental aurait vu clair dans son jeu.

Je n'avais jamais eu aucune importance pour lui. Maintenant que je n'en avais plus pour Fay non plus, et comme je lui avais pratiquement soufflé comment toucher le paquet sans aucun risque... Eh bien, vous voyez ce qu'il avait en tête. Ce qu'*ils* avaient en tête.

Et c'était la combine idéale pour eux. Tout semblait se tenir parfaitement. Ils pourraient même se servir de Doc Goldman pour confirmer leur histoire.

Fay avait eu pitié de moi, et elle m'avait donné un boulot. Puis quand Doc lui avait révélé mon état, elle m'avait viré — elle m'avait donné jusqu'au lendemain, lundi, pour dégager. Ce jour-là elle avait dormi tard — ce jour-*ci* — et elle s'était réveillée pour s'apercevoir que j'avais volé sa voiture. Elle n'avait pas trop su quoi faire — si innocente, coupée du monde, vous voyez ce que je veux dire. Alors elle avait appelé oncle Bud, qui s'était rappelé m'avoir entendu parler du fils Vanderventer. Sur le coup ça ne l'avait pas particulièrement frappé, il avait pris ça pour un délire quelconque. Mais si j'étais un fou évadé et un voleur de voiture...

Bon, peut-être que ce n'était pas tout à fait ça. Mais je n'en étais pas loin. J'allais me faire tuer. Oncle Bud allait devenir un héros — il le croyait, en tout cas.

Sachant cela, je ne pourrais pas dire pourquoi je continuais. Je crois que je n'ai pas vraiment réfléchi à la question. Ça m'apparaissait juste comme quelque chose que je devais faire — comme si j'étais dans une ornière que je devais suivre jusqu'au bout.

Naturellement j'étais blessé. Blessé et furieux contre le monde entier. Et c'était probablement ça la raison. Mais je n'en sais rien. Tout ce que je savais c'est qu'il me fallait continuer, et qu'il fallait que je trouve une issue pour ça. Un truc qui les oblige à rester dans le coup avec moi, et ça jusqu'au bout.

Je me disais que ça les rendrait dingues. Ils se figuraient qu'ils allaient palper vite et sans problème, et ça n'allait pas se passer comme ça. Je les obligerais à continuer. Il faudrait qu'ils aillent jusqu'au bout... avec un fou évadé pour associé. Un fou qui se méfiait d'eux, qui savait qu'ils avaient essayé de le tuer. Et avant que ça se termine, ils seraient probablement dix fois plus cinglés qu'ils croyaient que je l'étais.

Une issue. Il fallait que je trouve une issue.

CHAPITRE X

C'était le quartier le plus chic de la ville, peut-être le plus curieux que j'aie jamais vu nulle part. Il y avait quelques villas, avec des piscines et des fontaines sur le devant, flanquées d'allées imposantes. Mais en majeure partie c'étaient des espaces verts. Les villas étaient très loin de la rue, à ce point en retrait et à l'abri des arbres qu'on les devinait difficilement. La plupart d'entre elles, ou plus exactement la plupart des domaines étaient entourés de murs qui les isolaient de la rue. C'est au coin d'une de ces places fortes que je m'étais garé.

Le terrain de jeux était juste devant moi, de l'autre côté de la rue. Ça couvrait tout un bloc, et il y avait là à peu près tout ce qui se fait en matière de jeux de plein air. Pratiquement tous les gosses qui venaient ici, évidemment, en avaient autant chez eux, sinon plus. Mais ce parc privé leur apportait quelque chose qu'ils n'avaient pas à domicile. Quelque chose que les gosses ordinaires trouvent normal : l'occasion de jouer avec d'autres enfants. Je crois que leurs vieux devaient en sentir la nécessité.

Le terrain était fermé par une grille hérissée de pointes en acier, flanquée d'un portail de chaque côté. A une extrémité, donnant sur la rue et sur une transversale, il y avait un pavillon de brique. Je suppose qu'on peut appeler ça comme ça. Bref, c'était un endroit où les gosses pouvaient se réfugier en cas de mauvais temps, et muni de toilettes et tout.

Les portes n'étaient pas gardées. C'est sans doute qu'un garde pour chaque aurait coûté trop cher. Elles n'étaient pas verrouillées non plus, parce que la surveillante avait vingt-cinq à trente gosses sur les bras et qu'elle ne pouvait pas courir sans arrêt d'un portail à l'autre.

C'était une femme assez jeune, habillée tout en blanc comme une infirmière. Elle était assez jolie, d'ailleurs, et semblait dépassée par les événements. Parce que ce genre de gosses, elle ne pouvait pas grand-chose contre eux. Elle pouvait leur dire ce qu'ils avaient à faire, mais elle ne pouvait pas vraiment insister ou se montrer dure avec eux, si elle tenait à garder sa place. Et apparemment elle n'était pas la seule à s'en rendre compte. Elle n'avait fait que leur courir après depuis mon arrivée. Elle avait fini par les rassembler au milieu du terrain et à présent elle essayait d'organiser un jeu de ronde.

J'ai enlevé mes lunettes de soleil et je les ai essuyées. J'ai regardé la montre du tableau de bord. Il était trois heures passé de cinq minutes. S'il s'en tenait à son emploi du temps habituel, le vrai chauffeur serait là entre trois heures et demie et quatre heures. Alors il fallait que je me bouge — si je me bougeais jamais. Il le fallait, mais je ne pouvais pas. Je n'avais pas encore trouvé l'issue que je cherchais.

Je remis les lunettes et reportai mon regard sur le terrain de jeux, juste à temps pour voir un des gosses, un petit garçon, pousser une fille. Elle tomba assise sur son derrière, piaillant comme si on l'avait étripée. La surveillante menaça le gamin du doigt et s'agenouilla devant la petite fille. Elle la consola, la remit sur ses pieds. Elle se redressa et chercha le gamin des yeux. Puis elle haussa vaguement les épaules et revint au jeu. Elle pensait peut-être qu'il était toujours dans le groupe, parce que dans tous ces gosses il était facile d'en louper un. Ou peut-être le croyait-elle aux toilettes. De toute façon elle ne pouvait pas s'arrêter à ça. Et je veux dire qu'elle ne pouvait vraiment pas. Elle avait peut-être trente gosses sur les bras, alors elle ne pouvait pas consacrer tout son temps à un seul.

Mais *moi,* je pouvais. N'importe qui aurait pu en repérer un en particulier. Je savais où était passé le petit garçon.

Il était allé vers le pavillon, mais il n'était pas entré. Au lieu de ça, il avait foncé à travers le patio, s'était jeté à quatre pattes de l'autre côté, et s'était mis à ramper le long des bacs à sable. Il se dirigeait droit vers le portail. A la façon dont il procédait, vous pouviez affirmer qu'il l'avait déjà fait plus d'une fois.

Je démarrai, tout en l'observant comme il quittait l'abri d'un bac à sable et entrouvrait le portail de quelques centimètres. Ses cheveux étaient de la même couleur que ceux du petit Vanderventer. Il avait à peu près la même taille, aussi, mais il était visiblement plus âgé. Je lui donnai au moins neuf ans et il en avait probablement dix.

C'était lui l'issue que je cherchais. Il pouvait l'être. *S'il* sortait.

Et il le fit.

Il fit ça si vite que je le manquai presque. La seconde d'avant il était planqué derrière le bac à sable. Tout d'un coup il était dehors et courait tête baissée le long de la grille. Parvenu au dos du pavillon, il se redressa avec désinvolture et continua en marchant. Puis il sortit une cigarette d'une poche de ses culottes courtes et la tapa deux ou trois fois sur le dos de sa main.

Il sortit un briquet d'une autre poche et l'alluma. Il s'appuya contre le bâtiment, jambes croisées, soufflant la fumée au loin comme un petit homme. Je passai la première. Je dépassai le terrain de jeux derrière sa grille, et m'arrêtai au dos du pavillon.

Il me salua de deux doigts, dans une sorte de geste complice.

— Salut, Rogers, dit-il en avançant lentement vers moi. Quoi de neuf, au juste ?

Je grommelai quelque chose : « Bonjour, comment vas-tu ? », ou quelque chose comme ça. Ou peut-être même pas. Parce que j'étais plutôt perdu, et ses façons de parler et d'agir ne faisaient rien pour arranger ça.

Il hésitait, sa main sur le pare-chocs. Puis il me fit un signe de tête à travers le pare-brise, vint vers la portière et monta.

— Qu'est-ce que vous diriez d'une petite balade, Rog ? Je veux vous causer de Charlie, et après j'aurai plus l'occasion.

Je démarrai à nouveau. Je partis sur les chapeaux de roues. Il faisait exactement ce que je voulais qu'il fasse. Il faisait tout à ma place. Mais, bon, je ne sais pas. Je n'arrivais même pas à réfléchir.

— Vous vous souvenez de moi, hein, Rog ?

Il se renversa sur le siège, posa ses pieds sur le tableau de bord.

— Bah, ça ne m'étonne pas vraiment. J'ai passé six mois sur la côte. Ça fait à peine quelques jours que je suis ici avec grand-maman. Et faut que je reparte pour Paris cette nuit. C'est ce que le juge a décidé quand mes parents ont divorcé. Six mois ici avec papa et six mois avec maman.

Il alluma une autre cigarette, m'en proposa une. Je secouai la tête, les yeux dans le rétroviseur. Il y avait une ou deux voitures derrière moi, mais aucune n'était celle d'oncle Bud. Je commençais à me demander si je m'étais trompé sur ses intentions et celles de Fay.

— A propos de Charlie, dit le gosse. Qu'est-ce qui lui est arrivé au juste, Rog ? Qu'est-ce que ses imbéciles de parents lui ont encore fait comme sale coup ?

— Sale coup ? marmonnai-je. Je... heu... je ne vois pas ce que tu veux dire.

— Sans importance. Je sais comment ils le traitent, ils l'ont toujours traité comme ça. Ça fait des années qu'il est malade, et il l'est de plus en plus. Et plus il va mal plus ils lui en font voir. Veulent en faire un homme, qu'ils disent. Lui apprendre ses responsabilités... Tiens, si seulement j'étais un peu plus grand ! je me trouverais un bon gourdin et je...

Je les voyais, à présent, Fay et oncle Bud. Ils étaient dans sa voiture à lui. Fay conduisait et ils se rapprochaient à toute vitesse.

— Quelque chose ne va pas, Rogers ? (Il me fit un regard complice.) Voulez que je me planque ?

— Juste des amis à moi, dis-je. Non, je veux que tu te tiennes assis bien droit. Fais comme si...

— Compris. Vous êtes arrivé en avance pour prendre Charlie, alors vous tuez le temps avec un copain.

Je m'arrêtai contre le trottoir. Leur voiture nous dépassa à toute allure, freina pile et oncle Bud bondit à l'extérieur. Il se mit à courir vers nous, une main sous sa veste. Puis il regarda attentivement le gosse, et sa bouche s'ouvrit toute grande. Et il s'arrêta aussi soudainement que l'avait fait la voiture.

Je descendis. J'allai vers lui, l'air délibérément surpris.

— Qu'est-ce qui se passe ? demandai-je. Qu'est-ce que vous faites ici tous les deux ?

— Je... Nous...

Il secoua désespérément la tête, le regard perdu. Il avait prévu de faire une chose précise, et maintenant il ne savait plus, il était complètement paumé.

— Ce g...gosse, dit-il finalement. Bon Dieu de bon Dieu, Kid, tu t'es trompé !

— Hein ? (Je poussai un grognement.) Mais il a l'air...

— C'est pas lui, putain de Dieu ! Un aveugle s'en apercevrait !

— Je vous l'avais dit. Je vous avais dit que je n'y voyais pas clair avec ces lunettes. Mais ça ne sert à rien de s'énerver. J'ai qu'à le ramener, et demain je prends le bon.

— Tout simplement, hein ? Bon Dieu, de toutes les conneries que...

— Il ne dira rien. Je lui ferai croire que c'est une sorte de jeu.

— Ouais mais... (Il hésita.) Mais c'est trop tard, maintenant. Sûr et certain que tu vas tomber sur l'autre chauffeur.

— Ça peut réussir, expliquai-je, et je suis sûr que le gosse ne dira rien. Il aura la trouille, vous comprenez, il s'est tiré du terrain en douce et il...

Il se décida d'un coup.

— Okay, d'accord ! Mais grouille, hein ? Expédie ça, et on se retrouve à la baraque.

Oncle Bud retourna à sa voiture en courant et repoussa Fay à l'intérieur comme elle s'apprêtait à descendre. Ils partirent, lui au volant, et je revins à la familiale.

— Bon, Rogers. (Le gosse indiquait la montre du tableau de bord.) Je devrais penser à rentrer au terrain.

— Tout de suite, acquiesçai-je.

Je fis demi-tour sur les chapeaux de roues.

— A propos de notre petite balade. J'apprécierais si tu n'en soufflais mot à personne.

— Je dirai rien, promit-il. Dites pas un mot non plus. Donnez-moi juste une minute pour me glisser dans le pavillon. Ensuite vous pourrez aller chercher Charlie, et personne n'y verra rien.

Je tournai au coin du terrain et me garai le long du pavillon. Il ouvrit la portière, avec une sorte de réticence. Il restait assis là, à hésiter, un pied dedans, un pied dehors. Puis il se retourna lentement vers moi et me fixa pensivement. Et pendant un instant il a eu l'air aussi vieux que sa façon de parler le laissait croire.

— Charlie est malade, dit-il. Affreusement malade. Je peux rien y faire, et je dois rentrer à Paris cette nuit.

— Je m'en occuperai, dis-je très vite. Je ferai attention à lui. T'inquiète pas.

— Vaudrait mieux. Vaudrait fichtrement mieux... Rogers.

Il se glissa au-dehors, se retourna une dernière fois.

— Allez-y doucement, dit-il. Ses vieux ont besoin d'une bonne leçon, mais n'y allez pas trop fort quand même.

Puis il disparut. Si vite qu'on aurait pu croire qu'il

n'avait jamais été là. Je descendis de voiture immédiatement, mais quand je parvins au terrain je ne le vis nulle part.

Je poussai le portail. Je le laissai entrouvert. Il était trois heures et demie passées, maintenant. Le vrai chauffeur pouvait arriver d'une minute à l'autre. Mais je devais aller jusqu'au bout, et c'était maintenant ou jamais.

La surveillante et les enfants étaient toujours au milieu du terrain. Je me suis arrêté à une douzaine de mètres, et au bout d'un moment elle se retourna et elle me vit.

— Oh ! bonjour, Rogers ! fit-elle de cette façon un peu huppée qu'adoptent les gens quand ils se croient mieux que vous et se sentent obligés de le montrer à tout bout de champ. On dirait que vous êtes en avance, pour une fois ?

Je ne répondis rien. Je portai juste deux doigts à ma casquette. Elle se retourna et chercha parmi les enfants.

— Charles, Charles Vanderventer, appela-t-elle. Ah ! te voilà ! Va vite avec Rogers, maintenant.

Il se détacha du groupe, un enfant pâle, à l'air maladif. Il me regarda, d'un air mal assuré, puis il se tourna vers elle.

— C'est Rogers ? demanda-t-il, troublé.

— C'est... Oh, seigneur !

Elle le prit par les épaules et le poussa vers moi.

— Qui veux-tu que ce soit ?

Il avança vers moi, lentement. Il sentait, il savait que quelque chose ne tournait pas rond, mais il avait peur de le dire. Il me suivit avec réticence, comme je me retournais et me dirigeais vers le portail. Je suis parti d'un bon pas, et je l'écoutais, j'écoutais le bruit de ses pas à lui. Il allait toujours aussi lentement, alors je dus ralentir moi aussi. Je ne devais pas le distancer, mais je ne pouvais pas lui dire de se presser. Il avait l'habitude de faire ce qu'on lui disait, mais je ne devais pas trop compter là-dessus. Si je le précipitais, s'il s'effrayait...

— Oh ! Rogers !

La surveillante.

— *Rogers !*

Je m'arrêtai, me tournai à moitié.

— Charles a eu une journée plutôt éreintante. S'il vous plaît, pouvez-vous dire à Mme Vanderventer que je suggère qu'il reste à la maison demain ?

Je fis un signe de la main. Je me remis en marche vers le portail, et un long moment après j'entendis le gosse qui suivait. Il avançait aussi lentement qu'il pouvait. A peine s'il remuait les pieds.

Mes lunettes étaient complètement embuées. Je les déplaçai, et j'y vis clair un moment, puis tout se brouilla davantage. Le portail était à moins de dix mètres mais je pouvais à peine le voir. J'ai jeté un regard par-dessus mon épaule, et je voyais à peine le gosse. Tout se brouillait, disparaissait sous une brume humide. Plus rien n'avait de sens. Je n'étais qu'un aveugle, un homme qui s'était aveuglé lui-même pour obtenir Dieu sait quoi, un obscur quelque chose qui s'éloignait de lui à présent.

Et tout d'un coup ce fut le trou noir. Je ne savais pas où j'étais. Je ne savais pas comment j'avais atterri là, ce que j'y faisais ou ce que j'étais supposé y faire. J'étais simplement là, ici même, en train de traverser un parc pour enfants. Un type qui avait chaud dans de curieux vêtements, et qui remorquait un petit garçon derrière lui.

Et le pourquoi du comment, ce qui se passait au juste, je n'en savais rien. Je me suis dit que c'était une sorte de blague. La seule chose qui me vint à l'esprit, c'est que j'avais eu une absence au relais, chez Bert, qu'ils m'avaient habillé comme ça et m'avaient largué ici. Ça n'avait rien d'absurde. Il m'est déjà arrivé d'avoir des absences quand la tension était trop forte, et quand ça m'arrivait les gens me jouaient de drôles de tours.

J'ai laissé faire, et je me suis marré tout seul, parce qu'ils seraient bien attrapés quand ce cinglé de Jack Billingsley s'amènerait. Voyez-vous, on allait vers la côte, avec ce cinglé de Jack Billingsley. Et la voiture est tombée en panne, et j'ai marché jusqu'au prochain garage pour chercher de l'aide, et d'une façon ou d'une autre Jack a réussi à la faire redémarrer et...

J'ai trébuché. J'ai failli m'écrouler face contre terre. Je retirai brusquement les lunettes et les essuyai — pour de bon. Et le soleil me frappa en plein dans les yeux. Et soudain j'ai su où j'étais et pourquoi, et j'ai su ce que je devais faire.

Je remis les lunettes. Je me retournai vivement, attrapai le gosse par la main et le traînai à mes côtés. Il n'y avait que quelques pas jusqu'au portail mais il n'était plus question de traîner les pieds. Mes nerfs n'auraient pas tenu. On n'avait pas le temps.

Le gosse a protesté quand je l'ai attrapé. Il résistait à présent, et j'avais peur qu'il trouve le courage de crier. Alors je me suis baissé et je l'ai pris dans mes bras. Ça l'a calmé. Ça l'a paralysé de peur, je crois. Je me suis relevé et j'ai passé le portail.

Et une grande limousine noire s'est arrêtée contre le trottoir et un homme en est descendu. Il était habillé exactement comme moi. Il était l'homme que j'étais censé être.

CHAPITRE XI

Il épousseta ses pantalons, comme tout un chacun quand il descend de voiture. Il enleva ses lunettes de soleil pour les essuyer, me salua brièvement de la tête et les remit.

Je lui ai rendu son salut. J'ai passé le portail et j'ai descendu les marches vers le trottoir. Il s'est dirigé vers moi, toujours occupé à s'épousseter. On s'est croisés. Il a monté les marches, il a passé le portail. J'ai commencé à m'éloigner.

J'ai atteint l'angle du pavillon. En tournant j'ai jeté un coup d'œil par-dessus mon épaule. Le vrai chauffeur s'était arrêté. Il me regardait.

Je ne sais pas comment ça s'est passé. Ou il avait entrevu le visage du gosse, ou simplement c'est le temps qu'il lui avait fallu pour réaliser la situation. Je crois que c'était plutôt ça. Parfois les choses sont tellement ahurissantes qu'on n'y fait même pas attention.

En tout cas, il a réagi vite. Il n'a même pas crié, ce qu'évidemment il aurait dû faire. Il a repassé le portail d'un bond et il a dévalé les marches. Et il a chargé tête baissée, en brassant l'air de ses poings fermés. Tout dans les bras, rien dans la tête.

Je me suis rejeté derrière le mur du pavillon, le

gosse toujours dans les bras. Quand il me tomba dessus, je balançai mon poing. Je lui ai fait cadeau d'un bras droit comme un i avec un poing au bout, et il est venu s'y encastrer la figure.

Ses lunettes ont éclaté. J'ai senti son nez se ramollir et craquer. Il a chancelé, vacillé sur ses bases et s'est écroulé en avant. Soufflé comme une bougie, plus définitivement que si j'avais fait le boulot moi-même. Et personne n'avait rien vu. Le pavillon faisait écran, les murs faisaient écran. Ils étaient tous emmurés, coupés du monde.

J'ai filé derrière le coin. J'ai couché le gosse sur le plancher de la voiture, j'ai grimpé à l'intérieur en lui passant par-dessus et je l'y ai maintenu avec mon pied pendant que je m'extirpais de l'uniforme pour remettre mon chapeau. Puis j'ai lancé la voiture dans un demi-tour, j'ai passé le carrefour et j'ai pris la direction de la grand-route.

Le chauffeur des Vanderventer était toujours étalé là où je l'avais laissé. Quand j'ai tourné le coin et que le terrain de jeux a disparu à ma vue, il était toujours étendu derrière le pavillon. Il n'y avait pas de voitures qui passaient quand je l'avais cogné. Mais il y en avait eu plusieurs depuis, et il y en avait d'autres maintenant. Personne ne s'est arrêté, pourtant. Ils avaient bien d'autres choses à faire, et ça ne les regardait en rien qu'un type se soit écroulé.

Je fis quelques kilomètres avant de réaliser que j'avais toujours mon pied sur le gosse. Je l'ai retiré en vitesse, et je lui ai ébouriffé les cheveux. Je lui ai dit qu'il n'y avait aucune raison d'avoir peur, que personne ne lui ferait du mal.

Il leva sur moi de grands yeux bleus pleins de larmes. Ses lèvres étaient aussi pâles que son visage et elles tremblaient.

— Oui, oui, mons... (Il hoqueta.) Je... je...

Il essayait de me faire comprendre qu'il ferait ce que je dirais, mais ça se perdit dans un sanglot. Je lui dis de ne pas essayer.

— Du calme, petit Charlie. Contente-toi d'être bien sage et tout ira très bien. Je ne te ferai pas de mal. Je ne laisserai personne d'autre te faire du mal.

J'ai continué à lui parler, doucement. Il a dû croire ce que je lui disais, parce qu'il a cessé de sangloter et qu'il a repris un peu de couleur.

J'ai mis la radio, à bas volume.

Ils ne parlaient pas encore du kidnapping. Je m'y attendais, mais j'étais curieux de savoir quand parviendrait la nouvelle. Combien de temps ça prendrait. Apparemment le chauffeur était toujours k.-o., allongé là où je l'avais laissé. Et personne ne s'était arrêté pour voir ce qu'il faisait là. La surveillante ? Ça aussi, ça me surprenait un peu, parce qu'elle avait dû nous voir tous les deux en même temps, et elle devait avoir compris que quelque chose ne tournait pas rond. Mais, bon, nous y voilà. C'est presque toujours comme ça. Les gens qui pourraient faire quelque chose quand c'est nécessaire ont déjà trop à faire. Les autres s'en foutent.

Oui, il y avait la police. Proportionnellement, c'était peut-être le quartier le mieux surveillé de la ville. Ils avaient des patrouilles motorisées régulières qui couvraient un secteur de huit kilomètres. D'après ce que ça donnait sur le papier, une voiture de patrouille devait pouvoir couvrir un territoire aussi vaste que douze hommes à pied. Et c'était vrai, d'ailleurs, elle « couvrait » tout ce qu'on voulait. Mais les flics à l'intérieur ne pouvaient pas faire grand-chose d'autre. Ils ne pouvaient pas rouler plein tube toute la journée et voir tout ce qu'ils devraient. Ils ne pouvaient pas à la fois aller voir sur place et faire leur petit tour. S'il y avait du vilain, ils devaient quitter la voiture — et donc la radio — pour intervenir. Et si quelque chose survenait entre-temps, ça devait attendre qu'ils reviennent.

Ça fonctionnait comme ça. Le même parti pris « d'efficacité » qu'on trouve dans beaucoup de grandes villes. Ça économisait l'argent des contribuables, et c'était parfaitement rentable — « refondre les unités sur des critères de rentabilité ». C'est comme ça qu'ils devaient voir la chose à l'époque.

En temps normal, il m'aurait fallu une demi-heure-trois quarts d'heure pour aller du terrain de jeux jusqu'à la baraque, mais je pris la peine de conduire lentement pour ne pas attirer l'attention de la police ou de qui que ce soit. Ça demandait une tension de tous les instants, en plus en parlant au gosse de temps en temps et en écoutant la radio, alors je l'ai fermée. J'avais de plus en plus envie de mettre le pied au plancher et d'arriver là-bas le plus vite possible, mais j'ai bien respecté les limitations de vitesse. Et puis — sans doute parce que je faisais tellement attention — j'ai réussi à me perdre. Il s'était écoulé plus d'une heure et demie quand je stoppai net devant la maison.

Oncle Bud et Fay étaient à la porte de la cuisine. Ils étaient debout, blancs comme des linges et un peu hagards, presque immobiles. J'entendais la radio à l'intérieur qui gueulait la nouvelle du kidnapping. Alors ça y était. Je pris mon temps pour venir vers eux, et je m'arrêtai juste au bas des marches pour écouter.

Comme tous les premiers communiqués, c'était confus. Les faits eux-mêmes étaient plus ou moins là, mais ça n'allait pas chercher loin. Ils n'avaient pas mon signalement, rien à part le fait que j'étais « relativement grand et de carrure moyenne ». Ils ne savaient pas quelle voiture j'avais utilisée.

On interrogeait la surveillante et le chauffeur. Tous les policiers disponibles, y compris ceux qui n'étaient pas de service, avaient été dépêchés dans le secteur. On avait cerné tout le quartier, on avait commencé à fouiller chaque pouce carré de terrain alentour, tous les domestiques — en particulier les chauffeurs en uniforme — étaient « intensivement questionnés ».

Les parents étaient « prostrés ». Le maire avait exigé que « tous les moyens possibles soient mis en œuvre », le commissaire de police agissant « dans le sens d'une solution immédiate » et le chef de la police promettait « qu'on regarderait sous chaque pierre ».

La nouvelle venait à peine d'arriver, mais tous ceux qui avaient le moindre pouvoir avaient déjà leur avis tout prêt. Leurs prédictions, leurs promesses, leurs exigences étaient tellement au point qu'on avait l'impression qu'ils n'attendaient que ça. Mais ils ne devaient pas s'y attendre à ce point, ou alors ils n'avaient pas fait grand-chose pour l'empêcher.

Je retournai à la voiture et ouvris la portière de droite. Je parlai au gosse, puis je le pris doucement dans mes bras et remontai l'allée. Il dormait à moitié, épuisé par toute la tension nerveuse. Moi-même j'étais complètement vidé, mais naturellement ça l'avait plus secoué que moi.

Fay et oncle Bud ont dégagé le passage ; s'ils n'avaient pas bougé je les aurais aidés. Je me suis faufilé entre eux, j'ai porté le gosse jusqu'à la chambre et je l'ai étendu sur le lit. Je lui ai retiré ses chaussures et j'ai en partie déboutonné sa chemise. Puis je suis revenu dans le salon en fermant la porte derrière moi.

Fay et oncle Bud avaient un peu retrouvé leurs esprits. Suffisamment, en tout cas, pour louvoyer jusqu'au salon et se servir un verre. J'en ai pris un aussi, et je me suis assis. Fay m'observait du coin de l'œil. Elle me regarda plus franchement, ses lèvres tremblantes esquissèrent un sourire. Je lui rendis son regard. Elle baissa les yeux et le sourire disparut.

Puis ce fut le tour d'oncle Bud. Je lui fis le même cirque. Je le regardai bien en face, l'obligeant à sourire à nouveau, à détourner les yeux. Ils étaient tous les deux assis là à regarder par terre — presque à retenir leur souffle, comme en équilibre sur leurs sièges. Ils avaient l'air prêts à s'envoler si j'éternuais un peu fort, et je les ai laissés comme ça. C'était exactement comme ça que je les voulais.

Je me suis renversé en arrière et j'ai siroté mon verre en écoutant la radio. Il n'y avait rien de nouveau. Toujours le même lyrisme à vide. Je me suis levé pour me servir un autre verre. J'ai éteint la radio et je me suis rassis.

— Eh bien, qu'est-ce qui se passe ? On dirait que vous êtes surpris ?

Fay releva la tête. Elle poussa un profond soupir qui n'allait pas droit.

— *Surpris !* dit-elle. Surpris ! Oh ! Collie, comment... Pourquoi as-tu fait ça ?

— Pourquoi pas ? C'est bien ce qu'on avait décidé. C'est ce que j'étais censé faire, non ?

— Mais... mais pas comme ça ! Pas après t'être trompé, et à cette heure-ci tu étais presque sûr d... de... de...

Sa voix se brisa et elle se cacha la figure dans les mains.

Elle se mit à se balancer d'avant en arrière, riant et pleurant tout à la fois.

Ça parut ramener oncle Bud à la vie. Il partit à rire et se claqua le genou.

— Surpris ? (Il me regarda, radieux.) Plutôt deux fois qu'une, Kid ! Là, faut que je m'incline. Je parie qu'il n'y en a pas deux dans le coin pour s'essayer à un pareil tour de force et le réussir !

— Il y en a un paquet qui pourraient. Suffit de les mettre en pétard. Vous prenez un type un peu parti, vous essayez de le mettre dedans et il le fera.

— Ouais ?

Il se mit à broder là-dessus.

— Oui, je vois ce que tu veux dire, Kid. Quand tu as été si longtemps du mauvais côté du manche, tu finis par t'en servir pour frapper. Parce que ça commence à bien faire, tu vois. Quand on ne veut pas de toi, quels que soient tes efforts, tu finis par…

— La ferme !

— Hein ? Voyons, Kid…

— Je t'ai dit de la fermer !

— Mais… (Il se passa le dos de la main sur les lèvres.) B… bon, comme tu voudras, Kid.

— Tu m'as filé ta carte quand je suis venu ici pour la première fois, dis-je. Tu y as écrit ton nom, ton adresse et ton numéro de téléphone au cas où j'aurais besoin de te joindre. C'est ta propre écriture, si tu te souviens bien. Pas une simple carte imprimée sur laquelle j'aurais pu tomber par hasard.

Je marquai une pause, le temps qu'il s'imprègne bien de la chose. Il s'humecta les lèvres, mal à l'aise.

— Tu ne l'aurais pas trouvée sur moi aujourd'hui, repris-je. Tu n'aurais pas pu la récupérer. Je ne te dirai pas où elle est. Juste ça : j'ai un ou deux bons amis dans le coin. Même un type comme moi peut s'en faire quelques-uns. Et s'il devait m'arriver quelque chose, les flics auront cette carte entre les mains dans la minute qui suit, et ils sauront d'où elle vient.

Je mentais, naturellement. Probable qu'oncle Bud s'en doutait. Mais il n'était pas très futé, et il n'avait pas grand-chose dans le ventre. Et si jamais il se trompait, si jamais je disais vrai...

Son regard vacilla tandis qu'il essayait de se décider. Il passa nerveusement la main sur son pardessus, ses doigts s'attardèrent sur la bosse proéminente qu'il y avait sous sa poche-poitrine. Il en avait envie ; il en avait tellement envie qu'il s'y voyait déjà. Mais il ne pouvait pas s'y décider. C'était assez tordu ce que je venais de lui annoncer ; comme un dialogue de série B. Mais bon, j'étais moi-même assez tordu, pas vrai ? Je l'avais déjà eu une fois aujourd'hui, et avec un truc encore bien plus absurde. Alors, si je l'avais fait une fois, pourquoi pas deux ? Comment savoir avec un type comme moi ?

Fay rompit le silence :

— Collie, de... de *quoi* parlez-vous ? Où veux-tu en venir ?

Je ne lui répondis pas, je ne la regardai même pas. Je restai là à observer oncle Bud, tout sourire. Puis je me levai et allai me planter en face de lui.

— Alors, qu'est-ce que tu attends ? Tu as un flingue. Tu étais tout prêt à t'en servir il y a une heure. Pourquoi pas maintenant ?

Il ouvrit la bouche. Ses lèvres remuèrent silencieusement, désespérément. Je l'attrapai par le collet et le mis sur ses pieds.

— T'arrives pas à te décider, pas vrai ? Tu crèves de trouille, tu es crétin et tu crèves de trouille. Tiens, je vais te donner un coup de main. Peut-être que si on t'énerve bien…

Je lui donnai un petit coup juste en dessous du cœur. Un simple petit direct. Oncle Bud poussa un grognement, sa figure devint crayeuse, et je lui en filai un autre. Du côté du cœur, un peu en dessus, un peu en dessous. Je le maintenais d'une main et je lui expédiais ces petits directs de l'autre. Et du blanc sa figure vira au vert, et sa langue se mit à pendouiller entre ses dents.

Je passai la main sous son pardessus, m'emparai de son pistolet et le passai dans ma ceinture. Puis je le laissai tomber dans son fauteuil et revins au canapé.

Oncle Bud se tenait à deux mains, plié en deux. Il n'était pas très durement touché, juste momentanément paralysé par la douleur. Mais il devait penser que je l'avais à moitié tué.

Fay me regarda en fronçant les sourcils. Elle avait peur, mais plus encore elle semblait déconcertée.

— Collie ! dit-elle vivement. Je veux savoir ce qui se passe ici !

— Tu le sais très bien, Fay. Je te l'ai dit dès le début. Je t'ai dit que je n'étais pas stupide, et que je n'aimais pas qu'on me traite comme si je l'étais.

— Mais, mais qu'est-ce que ça a à voir ? (Elle marqua un temps et reprit d'une voix plus douce :) C'est à cause… à cause d'hier ? Je suis affreusement désolée, chéri. Ça a été un tel choc, je n'étais plus capable de penser ; d'abord je n'ai pas su quoi faire. Puis je me suis enfuie et je me suis mise à boire et j'ai fini dans un tel état que j'ai eu honte de me présenter devant toi.

— Laisse tomber. Je sais très bien ce que tu as ressenti. Alors te fatigue pas à me l'expliquer.

— Mais...

A nouveau, elle hésita.

— C'est.. Je suis désolée de t'avoir laissé tomber aujourd'hui, Collie. Mais je ne vois pas comment j'aurais pu faire autrement. Je ne t'aurais été d'aucune aide. Dans l'état où j'étais, j'aurais sûrement tout fait rater.

— Mais tu t'es secouée. Tu t'es suffisamment remise pour me filer le train. Pour tenir l'épuisette une fois que j'aurais ferré le petit poisson.

— Eh bien (lentement, elle acquiesça de la tête) oui. Oncle Bud a pensé qu'on pouvait au moins faire ça. Si quelque chose ne se passait pas comme prévu — si ça tournait mal, on aurait pu te sortir de là. J'étais toujours malade, mais j'étais inquiète à l'idée de te laisser tout faire tout seul. Et oncle Bud a pensé que je... On a...

— C'est exact, Kid. (C'était oncle Bud qui retrouvait ses moyens.) C'était exactement ça. On se faisait du souci pour toi, vu que tu devais tout faire tout seul, et on s'est dit qu'on ferait mieux d'être là pour ouvrir l'œil.

J'ai ri. Je n'ai rien entendu. Je me suis contenté de rire un bon coup et je me suis arrêté aussi sec.

Les yeux de Fay ont lancé des éclairs.

— Et heureusement qu'on était là. Sinon tu te trompais de gosse.

— Ouais ? Ça ne t'a pas traversé l'esprit que j'aie pu me tromper délibérément ?

— Délibérément ! Mais, mais pourquoi aurais-tu fait une chose pareille ? Qu'est-ce que... Bon, ça va comme ça ! Je commence à en avoir marre ! De quoi parle-t-il, oncle Bud ?

Il me regarda, mal à l'aise. Il se racla la gorge, essaya un sourire. On aurait dit une tête de mort. Fay eut un regard mauvais. Elle lui demanda encore une fois de quoi je parlais.

C'était assez convaincant comme comédie. Vous auriez presque cru qu'elle n'était au courant de rien.

— Réponds-moi ! dit-elle. Je vous jure que si ce cirque continue encore longtemps, je... je...

— Là, doucement, dit-il faiblement. Il n'y a aucune raison de s'énerver. Le Kid voit un peu tout en noir et... et je ne l'en blâme pas, comprends-tu. Je lui en veux pas le moins du monde. Il a eu une journée plutôt rude.

— Arrête de déconner et réponds-moi ! cria Fay.

— Ben, heu, tu te rappelles ce qu'on disait l'autre soir ? Que peut-être on pourrait ne pas aller jusqu'au bout — bluffer en quelque sorte, après quoi j'entrerais en scène pour toucher une grosse récompense ?

Fay acquiesça.

— Mais on ne pouvait pas. Il n'y avait aucun moyen. Alors quoi ?

— Ben, heu, il y avait bel et bien un moyen. Un seul, pour que ça fasse vrai. Et je crois que c'est un peu à ça que le Kid fait allusion. Et puis il a pu penser que j'étais jaloux de vous deux ou quelque chose comme ça. Evidemment il se trompe du tout au tout, mais... mais faut voir les choses de son point de vue. Tu te comportes comme si c'était fini, bien fini avec lui. Le Kid se dit qu'on en a jusque-là de l'avoir dans nos pattes. Alors aujourd'hui, quand il a dû y aller seul, et qu'on s'est pointés juste après, et ben...

Fay a laissé échappé son verre. Il a heurté le tapis, s'est renversé sur le côté, a roulé de droite et de gauche. On entendait les glaçons s'entrechoquer.

Elle s'est baissée pour le ramasser. Elle a étendu le bras et l'a posé sur la table. Elle ne regardait rien de ce qu'elle faisait — elle me regardait moi — et il est retombé par terre. Fay ne parut pas s'en apercevoir. Elle avait une expression que je ne lui avais jamais vue. La tête de quelqu'un qui s'éveille en sursaut. La tête que pourrait faire un aveugle s'il lui était soudain donné de voir. S'il se voyait vraiment pour la première fois de sa vie.

— Alors c'est ça que tu penses, dit-elle. C'est ça que tu penses de moi.

— Pourquoi pas ? dis-je.

— En effet, pourquoi pas ? Quelqu'un qui ne recule pas devant un kidnapping ne devrait pas reculer devant un meurtre. Je ne pense pas que ça change grand-chose à ce qui s'est passé hier, Collie. Ou même à ce qui ne s'est pas passé. Peut-être que ça n'a fait que précipiter les choses, mais avec des gens comme nous — des gens qui sont devenus ce que nous sommes — ça devait arriver tôt ou tard.

Elle se frotta les yeux d'un geste las et secoua la tête.

— Tu as tort quand tu dis que tu n'es pas stupide, Collie. Parce que tu l'es. Et moi aussi. Et oncle Bud aussi, puisque j'en suis à dire des évidences.

— Allons, allons, fit oncle Bud. Toutes ces lamentations n'ont aucun sens. On a eu un petit malentendu, mais c'est fini maintenant. Tout est rentré dans l'ordre. On a ce qu'on voulait, et il ne nous reste plus qu'à passer à la caisse.

Fay éclata de rire.

— Passer à la caisse ! Allons, mesdames et messieurs, passez la monnaie.

— C'est bien ce que j'ai dit, non ? (Oncle Bud se tourna vers moi.) J'ai pensé à un truc, Kid. Ils n'ont pas parlé de la familiale à la radio, mais est-ce que le premier gosse ne risque pas de l'ouvrir ? Je sais qu'il y a peu de chance qu'il le fasse. Il n'ira pas raconter qu'il a fugué et qu'il s'est tranquillement baladé avec un inconnu. Et probable que s'il le faisait, la surveillante jurerait qu'il ment. Mais les flics ne laisseront rien au hasard de ce côté-là, alors...

Fay se leva d'un coup et alla dans la chambre. Je manquai me lever aussi — instinctivement, sans réfléchir. J'ai voulu la suivre, lui demander si quelque chose n'allait pas. Et puis j'ai vu ce que j'étais en train de faire, et je me suis rassis.

— Je peux la planquer chez moi, Kid. Qu'est-ce que tu en penses ?

— Quoi ? Oh, ouais, sûr. Ça vaudrait peut-être mieux. Je suis presque certain que le gosse ne dira rien, mais quelqu'un d'autre a pu la repérer.

— Parfait. En ce cas je partirai avec et je vous laisserai ma voiture. Je trouverai un autre moyen de me déplacer jusqu'à ce qu'on touche le gros lot. Pour le reste...

Il s'empara de la bouteille et remplit son verre à moitié. Il essayait de paraître amical, décontracté, mais sa main tremblait. Sous son bon gros sourire il avait une trouille de tous les diables.

— Pour le reste, je me suis dit que je posterais la demande de rançon ce soir, si ça te va. Ils l'auront demain matin à la première heure.

— Ecoute, dis-je, on en a parlé et reparlé. Tu sais ce que tu as à faire, et il est inutile de me demander ce que j'en pense.

— Oui, mais...

Il hésita.

— Eh bien, je ne veux pas que tu te fasses

d'autres idées fausses, Kid. Je ne veux pas que tu fasses des choses que peut-être tu, heu...

— Il me faut une foutue bonne raison pour que je me fasse des idée. Me donne pas de raison, et je me ferai pas d'idées.

Son sourire s'éclaira, se fit un peu plus naturel.

— Voilà qui est parlé, Kid. Bon Dieu, il n'y a aucune raison de s'exciter et de s'en vouloir, pas vrai ? On a eu un petit malentendu — et je t'en veux pas le moins du monde, tu comprends? — mais maintenant que les choses sont claires...

— C'est ça. Restons-en là. Le sujet me fatigue. J'ai ma dose.

— Bien sûr. Bien sûr, Kid, dit-il rapidement. Bon, et que penses-tu de... (Il s'interrompit, essaya une autre phrase.) Je crois qu'il me faudrait un truc au gosse, Kid. La marque d'un vêtement, ou peut-être son mouchoir. Quelque chose que je mettrais avec la demande de rançon, qu'ils sachent que ce n'est pas un canular. Dans une affaire comme celle-ci, tu sais, il...

Je me levai, l'arrêtant net, et me rendis dans la chambre. Je pris le mouchoir du gosse dans sa poche, vérifiai qu'il était à ses initiales, et le rapportai dans le salon. Oncle Bud dit que c'était parfait, juste ce qu'il lui fallait. Et qu'il devait peut-être bien y aller, maintenant.

Je l'ai accompagné à sa voiture. Il m'en a donné les clés et il a grimpé dans la familiale. Mais il ne s'en allait toujours pas. Il continuait à ergoter, à la recherche de quelque chose à dire.

— L'uniforme et tout le bazar, Kid. Vaut mieux s'en débarrasser tout de suite. Tu le prends et...

— Et je l'enterre. Je sais. Je vais le faire.

— Mieux vaut t'occuper de tes cheveux de suite,

aussi. Nettoie ça jusqu'à ce qu'il n'y ait plus une trace de teinture.

J'ai dit que je le ferais. Je savais tout ce que j'avais à faire, et je le ferais. Mais il ne s'en allait toujours pas. Il restait là à triturer les clés de contact, à parler de choses et d'autres. Alors, à la fin, j'ai fait la seule chose que je pouvais faire. Il avait failli le faire une demi-douzaine de fois, mais il avait eu peur d'aller au bout. Alors j'ai pris l'initiative. Je lui ai serré la main.

Dans la minute il était parti.

CHAPITRE XII

J'ai enterré l'uniforme et le reste du matériel. J'ai quitté le couvert des arbres, j'ai ramené la pelle au garage et je suis monté dans ma chambre. J'ai nettoyé mes cheveux avant de me laisser tomber sur mon lit. Mais pour aussi fatigué que j'étais je n'arrivais pas à me laisser aller. Je n'arrêtais pas de me tourner et de me retourner, essayant de me vider la tête. Et je n'avais pas vraiment envie de rire, mais dans un sens il y avait de quoi.

Parce que c'était un bon tour que je m'étais joué.

Doc Goldman avait bien raison à mon sujet. Mon jugement ne valait rien. Les types dans mon état — et peut-être pas mal de types qui n'en sont pas là — ne peuvent pas voir très loin. Ils se démènent pour obtenir quelque chose. Comme s'il le leur fallait à tout prix. Et en fin de compte il s'avère qu'ils n'en veulent pas, et ils ne savent plus comment s'en défaire.

J'avais cherché à mettre Fay et oncle Bud sur les genoux. Les clouer au pilori et les y laisser. Mais à présent je voyais bien que ça ne marcherait pas. Ils pouvaient très bien craquer et être incapables de faire leur boulot. Ils pouvaient s'imaginer que je n'attendais qu'une occasion de leur rendre la monnaie, qu'il fallait qu'ils s'occupent de moi avant que je m'occupe d'eux.

J'avais dû serrer la main d'oncle Bud. Le sortir du trou où je l'avais mis, lui permettre de penser que tout allait encore raisonnablement bien. Et Fay, il fallait que je fasse la même chose avec elle, si j'y arrivais. Parce que c'était ça ou rien. Ça me demandait trop de faire le contraire.

Je ne pouvais pas leur mettre des coups sans encaisser moi-même.

Il faisait nuit noire quand je me suis finalement décidé. Je veux dire, autant que j'étais capable de le faire. Je me suis levé, je suis descendu en bas, et je suis resté dehors un moment, à regarder à l'intérieur de la maison par la porte de derrière.

Fay et le gosse étaient assis à la table de la cuisine. Elle le tenait sur ses genoux. Elle ne mangeait rien. Lui, par contre, semblait s'en mettre jusque-là.

Quelques minutes après, il avait fini. Ils ont quitté la cuisine en se tenant par la main, et en regardant par les fenêtres je la vis qui l'emmenait dans la chambre.

Je suis entré. Il restait pas mal de choses sur la table : des haricots en boîte, du jambon cuit et la moité d'une tarte. J'ai fait réchauffer le café et j'ai commencé à manger.

Fay est entrée, elle a fermé la porte derrière elle. J'ai hoché la tête.

— Comment va le gosse ? Il a avalé quelque chose ?

Elle haussa les épaules.

— Ne me dis pas que tu n'es pas au courant.

Elle m'avait sans doute vu quand j'étais dehors. J'ai dit que si j'avais attendu qu'il ait fini pour entrer c'est que j'avais peur de l'effrayer.

— Hmm, hmm ! Si c'est là tout ce que tu étais en train de faire, je veux bien te dire que le jeune Charles, héritier présumé de la fortune des Vanderventer, a pris un repas léger consistant en une moitié de tarte et approximativement une livre de haricots. Sans parler du jambon, du pain, et de quelque chose comme une autre livre de haricots en guise de dessert.

— Je vois. Il devait avoir rudement faim.

— Et comment qu'il avait faim ! Ça ne m'avait pas frappé, mais maintenant que tu me le dis...

Elle avait pris une bouteille au salon. Une bouteille pleine, alors c'est qu'elle avait dû finir l'autre. Elle se servit un verre, son petit sourire mauvais jouant sur ses lèvres quand elle me vit froncer les sourcils.

— Ça, il devait avoir faim, reprit-elle. Et qu'est-ce que je dois avoir soif. Tu as dispersé les nuages, Collie, et enfin je vois clair.

— Je veux te dire quelque chose. J'ai bien réfléchi, et je crois que peut-être je me suis trompé sur ce qui s'est passé aujourd'hui.

— Ah oui, tu crois ? *Peut-être ?*

— Pour toi, pas pour oncle Bud. Je sais très bien ce qu'il avait en tête, mais tu n'étais pas forcément dans le coup. Tu aurais dû marcher avec lui par la suite, mais tu n'avais pas à savoir avant qu'il le fasse.

— Continue. Peut-être que et c'est pas sûr. (Elle s'adressa à son verre.) C'est mathématique, non ? Moins par moins donne plus.

— Ecoute, je... Tu savais ou non ? Dis-le-moi, c'est tout.

— Qui, moi ? Oh ! mais ce n'est pas comme ça qu'on joue, Collie ! S'il te faut quelqu'un d'autre pour te donner la réponse, elle ne compte pas.

— Ben... ben, dis-moi au moins ça. Hier, quand tu as su, pour moi. Tu aurais pu... Ça aurait pu marcher quand même ? Je sais quel effet font ces choses-là en général, mais j'avais fait le plus dur et si seulement j'avais pu continuer...

— Oui. Alors ? Aurais-je daigné t'accompagner pour le reste du trajet ? Eh bien...

Une lueur passa dans ses yeux.

— Oui ? Non ? Comme je disais, ma réponse ne compte pas.

J'ai repoussé mon assiette. Je me suis versé du café, ça a débordé dans la soucoupe.

Fay a repris un verre de whisky.

— Même sans parler de ça, je ne peux pas te répondre, Collie. Ta question fait état de circonstances révolues. Jusqu'à trois heures cet après-midi j'aurais pu répondre, et tu m'aurais crue. Tu n'aurais eu aucune raison de ne pas me croire. Mais maintenant, après ta petite prise de bec avec oncle Bud, et cette accusation pure et simple que je...

Je la coupai :

— Ça va ! Pourquoi faut-il que tu y reviennes tout le temps ? Qu'est-ce que tu aurais pensé à ma place ?

— Exactement la même chose que toi, mon pote. Je comptais tellement, à ce moment-là.

Je me suis levé d'un coup et je suis allé jusqu'à la porte. Je suis resté là, à vouloir partir, à vouloir la fuir. Et à vouloir exactement le contraire. A vouloir... je ne sais trop quoi. Je ne voulais pas qu'elle pense que je me méfiais d'elle, mais je ne voulais pas non plus qu'elle s'imagine qu'elle pouvait me doubler et s'en tirer comme ça. Je ne voulais pas avoir peur d'elle, ni qu'elle ait peur de moi. Je voulais...

J'ai regardé au-dehors, les tas d'herbe que j'avais ratissés, qui se desséchaient sous le clair de lune. Et j'ai compris que ce que je voulais, je ne l'obtiendrais jamais. C'était derrière moi. On ne pouvait pas plus remettre ça sur pied que l'herbe que j'avais fauchée.

— Tu vois cette porte? dit Fay. Derrière tu trouveras une allée, et au bout de l'allée il y a un chemin, et au bout du chemin il y a une route...

— Ouais? Cette porte est assez large pour deux personnes.

— Ça dépend lesquelles.

— Ecoute, dis-je. Je ne suis pas sûr de comprendre ce que tu veux. Tu veux dire, qu'on s'en aille comme ça et qu'on oublie l'argent? Tu pourrais tout laisser tomber, si je le faisais?

— L'argent n'a rien à voir avec le sujet, Collie. Après tout c'était censé être le moyen, rien de plus, pas vrai? La fin — appelons ça une heureuse association — dépend pour beaucoup de nous.

— Bien sûr, mais...

— Alors c'est ça notre porte vers une nouvelle vie. On va voir si elle est assez large pour nous deux.

Elle se leva et alla dans sa chambre. Je l'écoutai aller de droite et de gauche, me demandant avec inquiétude où elle voulait en venir. Parce que ça aurait dû me paraître clair, mais ce n'était pas le cas.

Elle mit presque vingt minutes à revenir. Elle était maquillée et elle avait mis son manteau et son chapeau. Elle me fit signe et se dirigea vers la porte. Pendant une seconde je fus trop ahuri pour remuer. Puis je bondis et lui barrai le chemin.

— Attends une minute! Où est-ce que tu vas?

— Eh bien, mais... (elle me sourit) je m'en vais.

— J'ai dit *où!* Tu n'as rien à faire chez oncle Bud. Tu n'as rien à faire chez Bert. Alors où pourrais-tu aller?

Son sourire se retroussa dans les coins. Elle fit un

pas en arrière, rien qu'un, mais ça me fit l'effet d'un gouffre. Et elle tendit la main.

— J'avais presque oublié. Les clés de la voiture, Collie.

— Mais où est-ce que… ?

Je m'arrêtai.

— Oh ! tu… tu vas juste faire un tour ? Tu veux prendre un peu l'air, c'est ça ?

— Les clés, Collie.

Je lui ai donné les clés, plutôt je les ai mises dans le creux de sa main sans vraiment les lâcher.

— Qu'est-ce que ça prouve, Fay ? Tout d'un coup tu te lèves et tu t'en vas. Je suppose que ça te ferait rien, si j'en faisais autant ?

— Oh ? Tu supposes ? Eh bien, chéris cette illumination, mon ami. Peut-être qu'un indigent que les problèmes d'inflation ne touchent pas t'en donnera cent sous.

Elle m'a arraché les clés, et elle est partie. Juste avant que la voiture démarre, je l'ai entendue rire — un rire moqueur et furieux. Ou peut-être dégoûté et déçu. Je suis rentré en vitesse, puis j'ai attrapé la bouteille de whisky et je suis allé dans le salon.

Je me suis assis, le dos aux fenêtres. Je me suis forcé à rester assis là, sans bouger ni me retourner jusqu'à ce qu'elle soit hors de vue. Mais je ne sais pas pourquoi j'ai fait ça. Ça ne voulait rien dire. Puisque en fait j'avais envie de la retenir, puisque je m'inquiétais d'où elle allait et de ce qu'elle allait faire, ça voulait dire exactement le contraire de ce que ça aurait dû.

On ne pouvait pas franchir cette porte ensemble. On ne pouvait pas aller très loin ensemble de l'autre côté de la porte. Elle l'avait prouvé… si c'est ce qu'elle voulait faire. Et comment pouvais-je en être sûr ?

Peut-être que c'était tout du flan, une façon de m'expédier quelque part pendant qu'elle allait ailleurs. Pourquoi pas ? Fay ne pouvait pas me faire dégager, en leur laissant ma part, à elle et à oncle Bud ou qui que ce soit. Alors elle avait essayé autre chose, une autre façon de m'évincer de l'affaire. Elle n'avait pas eu à chercher bien loin. Depuis le début, elle avait toujours eu le truc pour me paumer au point que je ne savais plus ce que je faisais.

Bien sûr qu'elle m'avait dit de partir la première fois. Mais Fay devait savoir que je reviendrais. Je n'avais nulle part où aller, et...

— Monsieur...

Le gosse se tenait debout sur le seuil de la chambre.

— Monsieur, je suis malade. Il faut que je... que...

Son petit corps vacilla, se cassa en deux. Il mit ses deux mains sur sa bouche et il déglutit. Alors je le soulevai dans mes bras et me précipitai vers la salle de bains.

Je ne fus pas assez rapide. Il a vomi avant que je puisse le mettre au-dessus de la cuvette. Ça jaillissait de sa bouche à pleins flots, éclaboussant tout le sol de la salle de bains. Au moment où j'ai cru qu'il ne pouvait plus rien lui rester, ça s'est mis mis à sortir par l'autre bout.

Il essayait de s'excuser entre deux hoquets.

— Je m'excuse, monsieur. Je... je le nettoierai.

— Non, sûrement pas, dis-je. Ne t'inquiète pas, fiston. Soulage-toi autant que tu en as envie.

Je l'avais fait asseoir sur la cuvette à ce moment-là. J'étais agenouillé en face de lui, j'essuyais avec un torchon. Et quelque chose dans son regard m'a taillé la chair à vif.

— Vous... vous n'êtes pas fâché ? dit-il.

Je lui ai pris le menton.

— Fâché ? Tu rigoles, fiston ! Pourquoi je serais fâché après un petit garçon parce qu'il est malade ?

Il me regarda d'un air de doute. Apparemment il s'était attendu à une raclée et il n'arrivait toujours pas à croire qu'il allait y couper.

— Pour de vrai ? dit-il, pas convaincu. Pour de vrai, vous n'êtes pas fâché ?

— Pour de vrai. Je ne suis pas fâché, et personne d'autre ne se fâchera. Parce que s'ils essaient — si qui que ce soit a seulement l'air de vouloir te dire un mot de travers — je, eh bien, ils feraient mieux pas, voilà tout !

Il se sentait mal, terriblement mal. Mais un sourire s'est doucement répandu sur son visage, et je crois que c'est le plus beau sourire que j'aie jamais vu.

Puis il m'a mis le bras autour du cou, et il a pressé sa joue contre la mienne. Et les mots qu'il a murmurés... je ne crois pas en avoir jamais entendu d'aussi doux.

— Je vous aime bien, monsieur. Je vous aime beaucoup.

... Il était autour d'onze heures quand Fay est rentrée. Je m'étais assoupi dans mon fauteuil, et je me suis réveillé en entendant claquer la porte de derrière. Il y a eu un autre bruit sourd quand elle a laissé tomber un sac de courses sur la table de la cuisine. Elle est entrée dans le salon, a jeté son chapeau et son manteau dans un fauteuil et s'est assise dans un autre.

Elle n'avait pas l'air ivre ; je veux dire qu'elle marchait droit. Mais ses yeux et son petit sourire en coin empestaient la gnôle.

— Les rats sont toujours au gîte, dit-elle. Mais j'ai l'intention de sauver les provisions.

Je n'ai rien répondu. Je ne m'en sentais pas encore capable.

— Je te les joue, Collie ? Tu suis, tu suis pas ? Tu préfères mettre le tapis ? Si tu gagnes, tu as droit à une fenêtre toute neuve pour te balancer au travers.

— Le gosse a été malade, Fay. Je l'ai emmené aux toilettes une demi-douzaine de fois.

— Mon Dieu, mon Dieu ! Eh bien ! tu n'as qu'à lui dire que c'est à lui de t'emmener la demi-douzaine suivante !

— C'est pas drôle, merde ! Qu'est-ce que tu as dans le crâne, bon sang ? Je te dis qu'il est malade.

— J'ai entendu !

Sa voix se durcit.

— Qu'est-ce que tu veux que j'y fasse ? Que je prenne rendez-vous avec le docteur Kildare ?

Je répliquai qu'elle en avait déjà assez fait, à le gaver de saloperies alors qu'il était déjà dans tous ses états.

— Tu aurais dû savoir que ça le rendrait malade. Tu lui as fait avaler les pires trucs que tu as pu imaginer, des haricots, de la tarte et...

— Evidemment ! cria-t-elle. Je l'ai nourri de force, pas vrai ? Je lui ai collé un entonnoir dans la bouche et j'ai tout fait descendre par là ! J'ai essayé de le tuer ! Pourquoi tu le dis pas, bon Dieu ?

— Une minute ! Je n'ai pas dit que...

— A... ah ! Ferme-la ! Va bégayer dans on coin. Mais n'essaie pas de me faire avaler ça. Ne me dis pas que tu n'y as pas pensé.

J'ai cligné des yeux. Je ne comprends pas de quoi elle parlait. J'étais en colère quand elle est entrée, j'étais en pétard, j'étais inquiet. J'avais dû parler d'un ton un peu brusque.

— Tu es idiot, mais pas à ce point, dit Fay. Bien sûr que tu y as pensé. On a le gosse, pas vrai ? On récoltera tout autant s'il meurt, et on s'évite un tas d'ennuis.

J'ai secoué la tête. Et je suis resté là à secouer la tête.

Elle m'a fait un grand sourire. Ses yeux se sont rétrécis.

— Pas d'accord, hmm ? Mais dans une affaire comme celle-là, c'est la seule fin logique.

— Tu es ivre. Tu ne sais pas ce que tu dis.

— On parie ? Qu'est-ce qu'on parie, des citrouilles ? Vue d'ici la tienne n'a pas l'air terrible, mais j'ai l'esprit sportif.

Elle attrapa la bouteille qui était sur la table et but un coup au goulot. Elle la soupesa tout en m'observant, deux filets de gnôle lui dégringolant aux coins de la bouche. Puis elle a haussé les épaules et l'a violemment reposée sur la table.

— Au diable tout ça ! dit-elle. Et toi aussi, au diable ! Je vais me coucher.

Fay s'est extirpée de son fauteuil, a récupéré son manteau et son chapeau. Elle titubait un peu à présent. Ce dernier petit coup de whisky l'avait bien amochée.

— Minuit, marmonna-t-elle. Le bal est fini. C'est l'heure pour la p'tite Cendrillon de rentrer sous sa coquille. Alors, l'idiot, qu'est-ce que tu as en travers de la gorge ?

— Vaudrait mieux qu'il n'arrive rien à ce gosse, dis-je. Crois-moi, ça vaudrait beaucoup mieux.

— Oh? Ça vaut aussi pour les rats. Qu'on tire dans le tas. A coups de citrouille.

— Tu as entendu! Tu es peut-être bourrée, mais tu sais encore ce que tu fais.

Elle a battu des paupières. Sa figure s'est tordue d'un coup, comme si elle allait rendre. Puis elle s'est détournée et a zigzagué vers la porte de sa chambre.

— Idiot, marmonna-t-elle. L'est idiot et c'est p... pas sa faute. P... pas sa faute, mais...

Fay passa la porte et la claqua d'un coup de pied.

Je suis resté encore un moment où j'étais. Je pensais que le gosse aurait peut-être encore besoin de mon aide, et je pensais à tout et rien. A moi, à oncle Bud, à elle. Je raisonnais en cercles, ce qui ne me menait nulle part. Ce truc qu'elle avait dit, au sujet du gosse, comme quoi ça se présenterait mieux pour nous s'il était mort. Peut-être qu'elle avait dit ça pour me faire fuir, pour m'effrayer suffisamment pour que je me tire, dans mon propre intérêt. Ou peut-être qu'elle l'avait fait dans son intérêt à elle — leur intérêt à eux. Ou peut-être qu'elle ne parlait pas sérieusement. Ou peut-être qu'elle voulait juste voir comment je prendrais ça. Et si ils avaient vraiment prévu de le tuer, et si je n'étais pas d'accord...

Peut-être. Si. Si et peut-être.

Comment savoir, nom de Dieu! A quoi s'attendre de la part des gens quand ils s'embarquaient dans une combine pareille?

Je me forçai à ne plus y penser. Ma tête ne pouvait plus supporter tout ce remue-ménage en vain. Je me suis mis à penser au petit garçon, pas à celui qu'on avait, Charles Vanderventer III, mais l'autre. Ce gosse qui partait pour Paris cette nuit.

Je me demandais s'il avait bien voulu dire ce qu'il semblait vouloir dire. S'il avait pigé ce que j'allais faire, vous comprenez, et m'avait délibérément laissé le champ libre.

Je me dis que non. C'était difficile d'en être sûr — il était si dur, si vif pour son âge — mais je me suis dit que non. Je veux dire, c'était pas possible ! Ça ne pouvait pas traverser l'esprit d'un gamin, la pensée qu'un autre gamin y gagnerait à être kidnappé.

J'ai mis la radio à bas volume. Le présentateur donnait juste le dernier bulletin pour la nuit :

— ... Pas de plus amples informations sur l'affaire Vanderventer pour l'instant. A présent quelques détails sur la catastrophe aérienne dont je parlais tout à l'heure. Le Boeing de la Compagnie Transatlantique s'est écrasé sur l'aéroport de La Guardia, peu après onze heures ce soir, lorsque deux de ses moteurs se sont arrêtés simultanément au moment du décollage. La totalité de l'équipage et des passagers, à l'exception de trois personnes, ont été tués. Parmi les victimes se trouvait le petit Jacques Flannagan, dix ans, fils de l'acteur de cinéma Howard Flannagan, résidant à Hollywood, et de Margot Flannagan Wentworth d'Arcy Holmes, résidant à Paris et à Londres. En accord avec les termes du divorce, le jeune garçon vivait six mois par an avec chacun de ses parents. Il avait quitté la ville un peu plus tôt dans la soirée, à la suite d'un bref séjour chez sa grand-mère...

CHAPITRE XIII

Et le lendemain...

C'est le lendemain que tout est arrivé. Que tout s'est mis à aller de travers.

C'est ce jour-là que le gosse a failli y passer. C'est ce jour-là que Bert a essayé de tuer oncle Bud. C'est ce jour-là que j'ai dévalisé le cabinet de Doc Goldman. C'est ce jour-là que Fay a essayé de... de quoi, au fait ?

Tout est arrivé. Tout a déraillé. Tout est devenu de pire en pire.

Il faudrait peut-être que je reprenne au début. Quand Fay m'a secoué pour me réveiller, et que j'ai glissé ma main sous mon oreiller pour en ramener l'automatique que j'avais pris à oncle Bud. Evidemment je ne voulais pas la tuer — je n'en étais pas encore arrivé là. C'est juste que je m'étais couché tard et que je m'étais endormi beaucoup plus tard encore, et quand elle a... Mais reprenons du début.

— Collie ! Collie, *arrête* !

Son cri semblait venir de très loin. Quelqu'un qui criait mon nom, qui hurlait à un nommé Collie d'arrêter. Et pendant un instant ça ne signifia rien pour moi, rien du tout. Ce n'était rien qu'une voix, rien qu'un nom, ça sortait encore d'un de ces visages tordus et crayeux qui m'avaient dansé autour toute la nuit.

Ça ne signifiait rien. La seule chose qui importait c'était cet objet que quelqu'un m'avait mis dans la main. Quelque chose de dur, de froid, de lourd. J'ai baissé les yeux dessus tandis que les cris continuaient, sans vraiment regarder parce que j'avais les yeux ouverts, mais je ne pouvais rien voir. Tout ce que je savais c'est que j'avais ce truc et qu'il devait y avoir une raison à ça, et la seule raison que je pouvais imaginer c'était...

— *Collie, non ! n... non !*

— Hein, quoi ?

— Le gosse, Collie ! Il... il est... *Pose ça !*

Je vis que le visage s'accompagnait d'un corps. Les deux se précisèrent, puis glissèrent le long du mur et sur une chaise. Et mon esprit a commencé à émerger. A lentement sortir de l'obscurité, à recoller les morceaux, à se faire à l'idée d'un nouveau jour.

— J' vais remettre l'herbe comme elle était, marmonnai-je. J' vais tout remettre comme c'était. C'était pas terrible, mais... mais...

— Aaah, merde ! sanglota-t-elle. Aaah, nom de Dieu de merde !

Mes doigts se relâchèrent et le pistolet tomba sur le lit. Je me suis assis et j'ai senti cette vieille nausée qui me tordait le ventre. Je l'ai regardée, je me suis frotté les yeux pour en chasser le sommeil. Je la détestais et je me détestais et je détestais le monde entier auquel il m'avait fallu revenir.

— Qu'est-ce qui se passe ? dis-je. Qu'est-ce qu'il a, le gosse ? Qu'est-ce que tu lui as fait ?

— Ce que je lui ai fait !

Fay a relevé la tête d'un coup.

— Mais espèce de... Aaah, ça sert à rien ! Il est malade, voilà ce qu'il a. On dirait qu'il va mourir. Je me suis réveillée il y a quelques minutes à peine, et je suis directement allée voir comment il était et il... il... il ne se réveille pas, on dirait qu'il ne peut pas, Collie !

— Bon. Retourne là-bas avec lui, et restes-y jusqu'à ce que j'arrive. Ne le dérange pas et n'essaie pas de lui donner à manger.

— A manger ! Et comment je pourrais faire, hein ?

— Allez. Barre-toi !

Elle est sortie. Je me suis habillé à toute vitesse, j'ai glissé le pistolet dans ma poche et j'ai dévalé les escaliers. Il était midi. La lumière du soleil m'a frappé comme un marteau et mon ventre s'est tordu à nouveau. Je me suis arrêté et j'ai vomi. Je suis reparti à courir et j'ai encore rendu. Je suis resté quelques instants à attendre, cassé en deux, complètement essoufflé. Mais ça semblait être tout pour l'instant. La nausée avait disparu autant qu'elle pouvait disparaître. Je me suis précipité dans la maison jusqu'à la chambre du petit.

Fay était là avec lui. Je l'ai écartée et je me suis penché à son chevet. Je l'ai regardé attentivement, j'ai écouté sa respiration. J'ai mis la lumière et je me suis agenouillé pour pouvoir regarder et écouter de plus près.

Sa peau était rouge, brûlante, mais mate. Ses yeux étaient à moitié ouverts — un peu comme deux fentes. Le regard était fixe, mais il cillait quand je passais ma main devant. On aurait dit qu'il ne respirait presque pas. Son souffle avait une haleine un peu aigre-douce et son corps sentait la même chose. Le pouls était plutôt lent, mais il ne battait pas trop mal. Je veux dire qu'il était assez régulier.

Fay me regardait d'un sale œil.

— Alors ? Dis quelque chose, bon sang ! Fais quelque chose !

— Mets la radio. Essaie d'avoir les informations.

— La radio !

— Ils doivent bien en dire quelque chose. Je crois que je sais ce qu'il a, mais je veux en être sûr.

Elle a mis la radio. Quelques deux minutes après, oncle Bud est arrivé de la ville avec une pleine brassée de journaux, alors on a appris la nouvelle des deux côtés. Et c'était juste ce que je pensais. Je ne m'étais pas trompé au sujet du gosse et Dieu sait pourtant que j'aurais préféré.

J'ai bien remonté sa couverture. Puis j'ai pris une tasse et une cuillère et je lui ai donné quelques cuillerées d'eau tiède. Ça n'a pas eu l'air de lui faire grand-chose, mais c'était à peu près tout ce que je pouvais faire. J'ai éteint la lumière et je suis passé dans le salon.

Fay s'était mise à l'œuvre sur un grand verre plein de whisky à ras bord. Oncle Bud, qui avait un verre lui aussi, était confortablement installé dans un fauteuil, à se prélasser. Il était tout content à son arrivée. La famille avait reçu la demande de rançon, et ils avaient demandé à la police de rester en dehors du coup — de « coopérer », comme disaient les journaux. De ne pas venir y mettre leurs pattes, et les laisser payer la rançon et récupérer le gosse. Et il semblait bien que la police allait les laisser faire comme ils voulaient.

Je me suis assis, j'ai regardé Fay, puis oncle Bud. Il a effacé son grand sourire content, pour s'essayer à un air de douloureuse compassion.

— Du diabète, dit-il. Ça, c'est vraiment moche. Qui aurait pu penser qu'il avait un truc comme ça ?

Je voyais au moins deux personnes qui auraient pu y penser. Qui auraient dû savoir, et plutôt deux fois qu'une. Parce que, merde, oncle Bud savait tout de ce gosse, oui ou non ? Ça faisait des mois qu'ils mettaient le kidnapping sur pied, lui et Fay, et il avait commencé ses recherches sur le petit et sa famille bien avant ça. Alors comment aurait-il pu passer à côté de ça ?

Mais, bon, peut-être qu'il aurait pu. Si on s'occupait correctement du petit, si on lui imposait un régime strict et une juste proportion de repos et d'exercice et ainsi de suite, la maladie ne devait pas l'atteindre à ce point. Elle ne devait pas nécessiter grand-chose comme traitement médical effectif. Et puis, peut-être que sa famille était susceptible sur le sujet — comme beaucoup de gens dès qu'il est question de maladies ou de handicaps — et qu'ils faisaient en sorte que ça ne s'ébruite pas.

Ça avait pu se passer comme ça ; la discrétion de la famille, le petit pas trop atteint. De toute façon, que Fay et oncle Bud l'aient su ou pas, ça ne changeait rien. Et il était inutile de s'en prendre à eux.

— Parfaitement, disait oncle Bud. Parfaitement, c'est injuste, un gentil petit comme lui. Je suppose que tu en connais un bout là-dessus, hein, Kid ?

J'acquiesçai.

— Il y en a dans les hôpitaux psychiatriques aussi bien qu'ailleurs. On ne les soigne pas toujours, mais il y en a.

— Oh ? Ça, c'est vraiment moche. Je suppose que tu n'as pas de.. heu... tu n'as pas idée de ce qu'on pourrait faire ?

Fay a ri et a hoqueté dans son verre. J'ai dit que

j'avais bien idée de ce qu'on pourrait faire, mais que je n'avais pas ce qu'il fallait pour.

— J'ai travaillé comme aide-infirmier dans plusieurs de ces endroits. Ils n'ont jamais assez de personnel, alors quand ils tombent sur un patient qui est intelligent, ils...

Fay a couiné encore une fois. Je l'ai regardée sans rien dire. Je suis juste resté assis là à la regarder dans les yeux jusqu'à ce qu'elle ait fini. Elle s'est arrêtée en vitesse. Elle a levé son verre, elle l'a tenu devant elle, et j'ai gardé mes yeux sur elle encore un moment.

— Le gosse est dans un coma diabétique, expliquai-je. Ce n'est pas un des pires, et je crois qu'il peut s'en tirer. Je crois qu'on peut le tirer de là. Mais s'il s'en sort, si on le sort de celui-ci, c'est pratiquement certain qu'il retombera dans un autre. Et faible et abattu comme il l'est...

Oncle Bud fronça les sourcils.

— Ouais, je suppose que tout ce machin sucré ne lui a pas fait grand bien, hein ?

— C'est même curieux que ça ne l'ait pas tué.

— Ben tiens, attends de voir (Fay rafla la bouteille, se reversa un plein verre.) Je l'aurai peut-être la prochaine fois ! P... pourquoi tu le dis pas, hein ?

Oncle Bud secoua la tête.

— Allons, allons. Alors Kid, ton avis ?

— Il lui faut de l'insuline. Sinon il mourra.

— Ouais ? Bon, voyons voir. Je connais des pharmacies où ils ne feront pas trop de difficultés s'ils connaissent le type. Mais faire ça maintenant, alors que c'est tout dans les journaux et que c'est le grand branle-bas... Ce serait vraiment réclamer les ennuis. Je suis plutôt exposé dans cette histoire, et si ça se savait...

Il avait raison. A l'heure qu'il était même quelqu'un muni d'une ordonnance serait probablement contrôlé.

— Je ne vois tout simplement pas ce qu'on peut faire, Kid. Je ne le verrais même pas si on avait ton truc. Je veux dire, tu as été parmi les malades — tu as bossé avec des docteurs — mais ni les journaux ni la radio ne disent quelle dose d'insuline il faut au gosse.

— Ils ne peuvent pas. La quantité dépend de sa condition. Il faudrait que j'y aille à l'intuition, commencer avec la dose minimale et augmenter progressivement.

— Hmm... hmm ! Je vois...

Il continua à poser des questions, sans but précis semblait-il. Il ne faisait pas vraiment attention aux réponses. Il était entièrement d'accord pour aider le gosse, vous comprenez. Il adorait les enfants, ça oui, oncle Bud les adorait. Mais il lui semblait qu'il y avait toutes les chances qu'on lui fasse plus de mal que de bien. Après tout, je n'étais pas docteur. Je ne pouvais tout simplement pas être sûr de faire ce qu'il fallait. Et dans l'état où était le gosse, probable qu'une seule petite erreur suffirait à l'expédier dans l'autre monde.

— Tu comprends mon point de vue, Kid. Et c'est pas que je pense que tu cherches pas à faire de ton mieux.

— Je comprends ton point de vue, dis-je. Je le comprends très bien. Mais peut-être que tu ne comprends pas le mien. Si tout se passe bien, comme nous l'espérons tous, nous n'avons pas besoin de le garder en vie. En fait, il serait beaucoup moins dangereux pour nous mort que vivant. Ils sont obligés de nous croire sur parole quand on dit qu'on le leur rendra. Dans un cas comme dans l'autre on aura l'argent. Et s'il n'est plus là pour témoigner — ou comme simple preuve, si on se fait prendre avec lui — on sera bien plus en sécurité. Mais...

Je me suis arrêté un moment. Parce que c'était difficile de parler ainsi, aussi froidement et tout ce qui va avec. Mais j'avais dans l'idée que c'était la meilleure façon d'en parler. Je ne savais pas ce qu'ils avaient en tête, si c'était juste de la comédie ou si vraiment ils ne voulaient pas que le gosse y passe. Mais je savais que s'ils le voulaient mort, ils y veilleraient. Ils s'arrangeraient d'une façon ou d'une autre, à un moment ou à un autre. Et le seul moyen que j'avais de les en empêcher, c'était de leur prouver que ce ne serait pas très astucieux.

Oncle Bud inclina la tête.

— Continue, Kid. Naturellement, je ne voudrais pas voir mourir un gentil garçon comme lui. Mais si on ne peut rien y faire, eh bien, c'est comme tu dis. Ce sera pas si mal pour nous.

— Je n'ai pas dit ça. Je veux dire, c'est bien ce que j'ai dit, mais c'était juste pour te montrer comment tu pourrais voir les choses. Moi, je ne les vois pas comme ça. La famille a la moitié de l'argent qui se promène dans l'Etat. S'ils ne récupèrent pas le gosse, probable qu'ils dépenseront jusqu'au dernier sou à nous traquer. Mais sans aller jusque-là — eh bien, suppose que tout ne se passe pas aussi bien qu'on l'espère et qu'on se fasse prendre. Sûr que ce serait beaucoup mieux pour nous si le gosse était vivant. Même s'il ne l'était pas, si on pouvait au moins montrer qu'on a fait tout ce qu'on a pu pour lui, ce serait beaucoup mieux.

Oncle Bud fronça les sourcils, se mâchouilla les lèvres. Il hésita, acquiesça lentement.

— Ouais. (Il soupira.) Je suppose que tu as raison, Kid. Sûr qu'il faut qu'on fasse ce qu'on peut, même si ça tourne mal. Mais comment nous procurer cette insuline ?

— Doc Goldman, fis-je impatiemment. Il revient à son cabinet à deux heures, et il y reste jusqu'à cinq. Il ne reçoit plus après ça. Si quelqu'un pouvait l'appeler juste avant cinq heures, l'envoyer à une visite bidon, je pourrais jeter un bon coup d'œil.

— J'ai compris, je pige, Kid. Il n'y aura personne là-bas ? Tu pourras entrer et sortir sans problème ?

— Facile. Il ne ferme jamais à clé. Je sais exactement où il range quoi. Si ça se trouve il ne saura même pas qu'il est venu quelqu'un.

— Parfait. Bon, alors on fait comme ça.

Il se leva et posa son verre sur la table.

— Bien, je vais être plutôt occupé jusque vers cinq heures. Il faut que je reste en contact, tu comprends, que je sois au courant de tous les mouvements. Alors il faut que j'y aille, et tu me rejoindras plus tard.

— Plus tard ? dit Fay. Et comment ira-t-il là-bas ? Vous vous imaginez que je vais rester ici sans voiture ?

— Pourquoi pas ? dis-je. Qu'est-ce que tu veux faire d'une voiture ?

— Qu'est-ce que tu crois, imbécile ? Je veux retirer les pneus pour m'en faire un collier !

— Mais pourquoi...

— Elle a raison, Kid, intervint vivement oncle Bud. Ce sera du velours, mais de toute façon la petite demoiselle se sentira plus en sécurité avec une voiture. Je sais que je penserais pareil. Donc tu viens avec moi.

Probable que je penserais pareil, moi aussi. De

toute façon, comme Fay était bien décidée à garder la voiture, ça ne servait à rien d'en discuter.

J'ai couru jusqu'au garage et j'ai pris mon manteau et ma cravate. Il m'attendait dans sa voiture quand je suis redescendu, et nous sommes partis pour la ville.

Il avait refilé la familiale à un casseur, un pote à lui, dit-il. Un type qui achetait des voitures volées et les revendait en pièces détachées. Naturellement, ajouta-t-il, l'air de rien, il n'avait pas pu en tirer d'argent — seulement quelques dollars. Le type essayait simplement de rendre service, comprenez, parce que c'était un pote. Ç'aurait été moche de lui soutirer de l'argent.

J'ai souri intérieurement. Je me sentais un peu gêné pour lui, pour oncle Bud, je veux dire. J'avais honte pour lui, dans un sens. Il était là, sur le point de se faire cent mille dollars, sa part de la rançon, et il ne pouvait pas laisser passer la plus petite chance d'arnaquer quelqu'un. Il était fait comme ça. Il préférait arnaquer d'un dollar qu'en gagner cent.

— Je suis fait comme ça, Kid, continuait-il. Je joue-franc jeu avec mes potes, et j'aime qu'ils en fassent autant. Tiens, tu prends nous par exemple. Eh bien, peut-être qu'on a eu des petits différends et des malentendus, mais ça ne signifie rien. On s'aime bien, on se fait confiance, on est des potes, comprends-tu. Tout est parfaitement clair entre nous, et personne ne fait de coups vaches à personne.

Il marqua une pause, m'observa à la sauvette, du coin de l'œil. Je ne dis rien et il repartit.

— Tiens, prends ce petit vanne que tu m'as sorti, Kid. Sur le moment j'ai été plutôt déçu, mais je sais que ce n'était qu'une blague. Pardi, tu n'aurais pas filé cette carte que je t'ai donnée à quelqu'un d'autre ! Tu aurais eu peur que la personne t'interroge, essaie de s'y retrouver peut-être. C'est ça, pas vrai ?

Il a ri et m'a poussé du coude.

— Tu faisais juste une petite blague à ton vieil oncle Bud ?

J'ai haussé les épaules. Je ne disais toujours rien.

— Alors ? (Son rire faiblissait.) Alors, Kid ?

— Alors quoi ?

— Eh bien, heu, ce que j'étais en train de dire, bon sang. Je disais que tu n'aurais pas fait une chose pareille, parce que tu aurais eu peur que... que...

Il s'interrompit brusquement. Ses traits s'affaissèrent.

— Oh, dit-il. Le type n'est pas en position de poser des questions, hein ? Ou peut-être que tu lui as promis quelque chose en échange ?

A nouveau, j'ai haussé les épaules. Il se débrouillait bien mieux que moi pour les réponses.

— Mais ce n'est pas jouer franc-jeu avec moi, Kid ! Suppose qu'il arrive quelque chose et que ce soit pas ma faute ? Je suis régulier avec toi, mais quelqu'un d'autre monte un truc et ce type me balance !

Je ne disais toujours rien. Il me regarda d'un air incertain.

— Tu ne me ferais pas un coup pareil, Kid. Tu es un type régulier, et tu aurais tout de suite vu que ce n'était pas régulier. Tu n'as pas fait ça... Pas vrai ?

Je lui souris. Il attendit un moment, puis il grogna quelque chose dans sa barbe. Et le reste du trajet il n'en dit pas beaucoup plus.

Il était deux heures et demie quand il s'arrêta devant un bar à la limite du quartier des affaires. Il dit qu'il me reprendrait là dans deux heures, et je suis descendu et je suis entré.

C'était une petite salle mal éclairée, avec un bar qui servait aussi des sandwiches tout de suite en entrant et des tables de billard dans le fond. Il n'y avait que deux ou trois clients, qui s'évanouirent au-dehors le temps que j'avale un sandwich et quelques bières. Je pris une dernière bière, raflai une édition de l'après-midi qui traînait sur le comptoir et allai m'asseoir à une table.

Il y avait une grande photo du gosse en première page. Il y avait des photos de ses parents, de la surveillante et du chauffeur ; pratiquement tous ceux qui avaient quelque chose à voir avec l'affaire. Et la presque totalité du journal donnait des nouvelles du kidnapping. Ou plus exactement, brodait dessus. Parce qu'en fait de nouvelles, ils n'avaient pas trouvé grand-chose.

On avait reçu une demande de rançon. Les kidnappeurs réclamaient un quart de million de dollars pour le retour de l'enfant. Comment, où — et *quand* — le versement s'effectuerait, ceci « n'avait pas été révélé ». Les détails n'étaient connus que de la police et de la famille.

Et, bien sûr, d'oncle Bud.

J'ai lu tous les articles attentivement, de façon à être sûr de ne rien louper. Je les ai disséqués mot par mot, et ils n'aboutissaient toujours à rien. Mais ça me faisait l'effet d'un rien difficile à vivre... Les flics n'avaient pas donné de détails sur le versement de la rançon, mais il pouvait y avoir plus d'une raison à ça. Peut-être qu'ils n'en avaient pas, tout simplement. Oncle Bud disait le contraire. Il disait que la famille leur avait montré la demande de rançon, pour être sûre qu'ils ne s'interposeraient pas accidentellement.

Qu'ils ne seraient pas là au mauvais moment, vous voyez ce que je veux dire, et qu'ils ne mettraient pas la vie du gosse en danger.

Ça semblait assez plausible, parce que le gosse ne serait relâché que vingt-quatre heures après le paiement. Les flics pouvaient mettre la main sur le type au moment du paiement, mais c'était tuer le gosse presque à tous les coups. Alors... Alors ça avait l'air plausible. C'était ce qu'oncle Bud avait prévu, c'était comme ça qu'il nous l'avait expliqué, à Fay et à moi, et tout semblait se dérouler suivant son plan. Alors peut-être que tout allait bien. Mais je commençais à avoir quelques doutes.

Aller chercher l'argent, c'était le boulot d'oncle Bud. Savoir où en étaient les flics, c'était aussi son boulot. Et s'ils ne savaient ni comment ni où ni quand la rançon devait être remise — s'ils se trouvaient dans l'obligation de « coopérer », c'était parfait pour lui. Et même s'ils savaient, c'était presque aussi bien. S'ils n'étaient pas encore prêts à coopérer, il se contenterait d'attendre qu'ils le soient.

Et il n'y avait que lui pour savoir quand cela serait. Il était seul à savoir combien de temps il avait laissé aux Vanderventer pour casquer. A Fay et à moi il nous avait dit soixante-douze heures, mais ça pouvait être moins. Il pouvait récupérer le fric un soir — demain soir, mettons — et passer la frontière dans la nuit.

Je suis allé chercher une autre bière et je suis revenu à ma table. Je me demandais comment le prendre de vitesse, si c'est ce qu'il avait en vue... Exiger que ce soit moi qui aille chercher l'argent ? Hmm... Hmm, sûrement pas. Il pouvait m'envoyer les flics. Puis, pendant que je me ferais descendre, il pourrait tranquillement prendre l'argent et se tirer. Il n'aurait pas à s'inquiéter de mon « ami » à ce moment-là. L'« ami » en question ne pourrait pas lui créer plus d'ennuis que moi.

Fay ? La mettre au courant, voir si on ne pourrait pas monter quelque chose tous les deux ? Hmm... hmm, encore une fois. Elle était peut-être de mèche avec oncle Bud. Elle avait peut-être son idée à elle. De toute façon, et qu'elle soit ou non dans le même cas que moi, ce n'était pas une bonne idée de lui dire quoi que ce soit. Pas comme elle me voyait à présent. Pas avec ce qu'elle picolait. Elle pourrait faire quelque chose de dingue et de dangereux, juste parce qu'elle s'en fichait.

Je ne voyais pas ce qu'il fallait faire. Bon Dieu, je ne savais même pas s'il fallait penser à faire quelque chose. Tout se passait comme prévu, après tout. La seule chose qui allait vraiment de travers c'était moi : ma tête. Je m'y perdais tellement à force que plus rien ne me paraissait clair, et le plus petit détail éveillait mes soupçons. Le plus petit détail, ou pas de détail du tout. Si les choses allaient dans un sens je n'aimais pas ça, et si elles allaient dans un autre je n'aimais pas ça. Et... et il fallait que ça cesse ! Sinon, s'ils continuaient tous à me tourmenter, à venir vers moi de toutes les directions, à pousser et à m'étouffer et...

Il me sembla qu'un étau se refermait sur mon crâne. Je fermai les yeux et l'instant d'après je n'étais plus là. Il n'y avait plus que du noir et moi qui dérivais dessus.

Au bout d'un moment l'étau se desserra et le noir reflua. Je descendis ce qui me restait de bière en vitesse. Et au bout d'une minute ou deux je me sentis de nouveau bien. Ou aussi bien que je le serais jamais.

J'allumai une cigarette. J'entendis la porte de devant claquer et je commençai à me lever. Puis je me suis rejeté en arrière et je me suis dissimulé derrière mon journal. Parce que c'était bel et bien oncle Bud. Il était entré à quatre heures et demie pile. Mais il y avait quelqu'un avec lui : Bert.

CHAPITRE XIV

Oncle Bud marchait devant. Bert était juste sur ses talons, il le poussait en avant. Le barman leur jeta un vague coup d'œil et se remit à astiquer ses verres. Oncle Bud regardait droit devant lui, son visage formait tache blanche dans la demi-pénombre ; et Bert gardait ses yeux sur la nuque d'oncle Bud.

Ils firent toute la longueur du comptoir. Ils descendirent l'allée qui longeait les tables de billard. Ils parvinrent au mur du fond et oncle Bud s'arrêta devant la porte des toilettes. Bert le poussa du plat de la main. Il lui dit quelque chose, le poussa à nouveau.

Oncle Bud ouvrit la porte. Bert le balança à l'intérieur et entra derrière lui.

Je me levai sitôt la porte fermée. Je rapportai ma bouteille au bar, fis un pas ou deux vers la porte de devant, puis je fis demi-tour et me dirigeai vers le fond.

Parvenu à proximité des toilettes, je me retournai pour jeter un coup d'œil. Le barman astiquait toujours. Personne d'autre n'était entré. Je suis reparti sur la pointe des pieds et je me suis arrêté devant la porte des toilettes.

J'ai gardé un œil sur le barman. J'ai tendu l'oreille.

— Fumier ! disait Bert. Tu croyais peut-être que je te retrouverais pas ? Hein ? Eh bien tu ne repasseras plus personne. Je vais...

— B... Bert, écoute ! (La voix d'oncle Bud tremblait.) Il faut que tu m'écoutes ! Il faut que tu me laisses encore un peu de temps ! L... laisse-moi juste... *Non !*

Il y eut un « clic ! » — le « clic ! » d'ouverture d'un cran d'arrêt. Et un raclement de pieds indistinct tandis que, selon toute probabilité, Bert avançait et oncle Bud reculait.

— Ecoute, écoute-moi ! hoquetait celui-ci. Un peu de temps, B... Bert, donne-moi simplement un peu de temps et tu auras jusqu'au dernier sou ! je te le jure, B...

J'ouvris doucement la porte de quelques centimètres, vis que Bert me tournait le dos, l'ouvris encore un peu, gardant les yeux sur lui, sur le long couteau effilé qu'il avait dans la main.

— Tu vas voir ce que je vais te donner !

Il montra la lame avec un grognement éloquent.

— Je vais te donner tout le temps que tu veux, et même l'éternité en prime, espèce de fils de pute sans parole !

Il éleva brusquement le couteau. Oncle Bud gémit, eut une sorte de sanglot. Je suis entré et j'ai tiré la porte derrière moi.

Bert n'eut pas le temps de se retourner. Je lui avais gardé un grand direct du droit, et il l'a pris dans la nuque.

Sa main a lâché le couteau. Il est parti en avant, sa tête a heurté l'urinoir en métal et il s'est écroulé la figure contre le sol.

Oncle Bud se laissa aller contre le mur, essuya d'un revers la sueur de son visage livide. Il baissa les yeux sur Bert, se redressa d'un coup et il lui envoya de toutes ses forces un coup de pied dans le crâne.

— Tu voulais me finir, hein ? siffla-t-il. Tiens, enfant de...

Il allait lui en mettre un autre. Je l'ai repoussé contre le mur, puis je l'ai agrippé par le bras et je l'ai traîné vers la porte.

— Amène-toi ! vite, bon Dieu ! Faut qu'on sorte d'ici !

— M... mais... (Il essayait de se dégager.) Il allait me tuer ! Tu l'as bien vu, Kid... Il... il voulait...

Il aspira beaucoup d'air et la fixité de son regard disparut.

— Oui, dit-il. Bien sûr, Kid, allons-y.

On est sortis. Quelques rues plus loin on s'est arrêtés dans un autre bar et il a descendu deux verres coup sur coup. Il en avait besoin. Il tremblait tellement qu'on pouvait presque l'entendre claquer des dents.

— Bon sang, Kid, dit-il quand on fut à nouveau dans la voiture, je n'ai jamais eu une trouille pareille de toute ma vie ! Je n'osais pas tourner la tête pour voir si tu étais là. J'avais peur que tu sois allé prendre l'air un moment.

— Ouais. Au fait, où est-ce qu'il t'a trouvé ?

— Mais je n'en sais rien ! C'est ça qui m'a mis un coup ! Je venais juste de me garer et je m'apprêtais à entrer, et il était là, cet assassin, ce fils de pute ! Juste derrière moi avec ce couteau dans mes reins. Bon Dieu, il semblait sortir de nulle part ! C'est comme s'il était tombé du ciel !

— Peut-être qu'il te suivait depuis un bon moment déjà.

— Peut-être, mais c'est peu probable. Je crois que je l'aurais repéré si c'était ça. Non, je crois plutôt qu'il devait passer dans le coin par hasard et qu'il m'a vu au moment où je descendais de voiture.

Il secoua la tête, fronça les sourcils à l'adresse du pare-brise.

— J'espère que ça s'est passé comme ça, en tout cas. Je veux dire, qu'il m'est tombé dessus par hasard. Je n'aimerais pas penser que...

J'ai hoché la tête. Je n'aurais pas aimé y penser non plus. Je me fichais bien d'oncle Bud, parce qu'un type comme lui — un type qui avait utilisé tous ceux qui lui tombaient sous la main, qui avait causé autant de malheur qu'il avait dû en causer — méritait le cimetière depuis longtemps. Mais ce n'était pas le bon moment pour l'y expédier. Et on l'y expédierait sous peu si les choses étaient telles qu'elles avaient l'air d'être.

— Je me demande..., dit-il, inquiet. Je connais un sacré paquet de gens, et il se pourrait que certains d'entre eux soient des potes à lui. Il a peut-être chargé quelqu'un de me surveiller — peut-être même plusieurs personnes —, qui lui passent le message chaque fois qu'ils me voient quelque part. Bon sang, c'est peut-être ça et je n'en saurais même rien ! Tous les gens que j'ai rencontrés, avec qui j'ai fait affaire, tu sais, je ne me les rappelle pas toujours moi-même !

La tremblote l'avait repris. Je lui dis qu'il n'y avait probablement rien à craindre. Après tout, ça faisait un bon moment que Bert lui courait après, et il ne lui avait pas mis la main dessus avant aujourd'hui.

— C'était un simple hasard, dis-je. Il se trouvait dans le coin au même moment que toi. Si quelqu'un travaillait pour lui, il t'aurait repéré bien avant ça.

— Ben... (Il hésita.) Ben, peut-être bien. C'est ce qu'on dirait, pas ? Bien sûr, c'est peut-être qu'il vient juste de se décider à m'avoir. Ça fait un bon bout de temps que je l'ai plumé... qu'on a eu ce petit malentendu, je veux dire.

— Et ce bar, alors ? Tu viens là tous les jours ?

— D'une façon régulière, tu veux dire ? Hmm... hmm, pas moi, Kid. Pas le vieil oncle Bud.

Il sourit, me fit un clin d'œil.

— Ce n'est pas comme ça que je fonctionne. Je bouge tout le temps. Je n'habite même jamais au même endroit plus de quelques semaines.

— Personne ne savait que tu te rendrais dans ce bar aujourd'hui ? Tu n'en as parlé à personne ?

— Hmm... hmm. Personne, pas âme qui vive. J'ai pu en parler à Fay, mais personne d'autre.

Il repoussa son chapeau. Il commençait à se détendre.

— Ouais, Kid, je crois que tu as raison, c'était juste un de ces trucs qui arrivent parfois, un simple hasard.

J'avais comme l'impression que ce n'était pas ça, qu'on avait prévenu Bert, et qu'on le préviendrait encore. Que ça continuerait tant que Bert n'aurait pas réussi à l'épingler. Mais ce n'était qu'une impression : oncle Bud était assez excité comme ça et il nous restait des choses à faire.

Il était presque cinq heures quand on s'est arrêtés dans un drugstore, à quelques rues de chez Doc Goldman. J'ai pris un Coca au comptoir, pendant qu'il passait l'appel bidon d'une cabine.

En sortant de la cabine il s'est arrêté à ma hauteur.

— Okay, Kid. Il est tombé dans le panneau. Je reviens te chercher dès qu'il s'en va.

Il a pris la voiture. Quelques dix minutes après, comme je finissais mon second Coca, il revint s'arrêter en face.

Il m'a regardé attentivement quand je suis monté dans la voiture.

— Tu as l'air drôlement tendu, Kid. Comment tu te sens, au fait ?

— Bien. Je me sens très bien.

— Est-ce que, heu... tu supportes bien toute cette tension nerveuse ? Je sais bien que tu n'es pas vraiment cing... Je veux dire, tu as juste quelques petits problèmes nerveux. Mais...

— Compte pas là-dessus.

Je me suis tourné vers lui et je l'ai regardé bien en face.

— N'essaie pas de m'y obliger. Parce que si je craque vraiment ça ne sera drôle pour personne.

— Ah, Kid, allons... (Il prit l'air blessé.) Est-ce qu'on est pas des potes ? Est-ce que tu m'as pas sauvé la vie aujourd'hui ?

— Je vais très bien. Je vais continuer à aller très bien et personne n'a intérêt à essayer de me doubler.

— Bien sûr. Bien sûr, Kid, dit-il très vite. Je me faisais du souci pour toi, c'est tout.

Il m'a laissé devant chez Doc et il est reparti m'attendre au drugstore. J'ai jeté un rapide coup d'œil aux alentours, et j'ai remonté l'allée.

Sa maison était à la lisière de la ville — je crois que je l'ai déjà dit. Il y avait deux terrains inoccupés entre la maison suivante et la sienne, et il n'y avait pas d'habitation de l'autre côté de la rue. Bien sûr, on pouvait me voir. Les gens qui habitaient à côté, s'ils regardaient dans cette direction. Mais s'ils me voyaient, je me disais qu'ils n'y feraient pas attention. Ils devaient avoir l'habitude de voir des gens entrer et sortir de chez Doc. Ça n'en ferait qu'un de plus, un patient comme les autres.

J'ai monté les marches et traversé le perron. Puis j'ai ouvert la porte et je suis entré. Là, c'était la salle d'attente. L'appartement était vers le fond, et le cabinet et la salle d'examen sur la droite.

J'ai regardé autour de moi et tout était comme je m'en souvenais. Les chaises alignées le long du mur. La petite table couverte de magazines. La pièce rajoutée au beau milieu du tapis pour cacher un trou. Les cendriers bon marché. Le...

Pendant une minute, je n'ai pas pu continuer. Il fallait que je reste là à regarder, je me sentais bien — en sécurité, à l'abri — et d'un autre côté je me sentais sale. C'était comme de rentrer à la maison avec un sale coup en tête.

Mais je devais le faire. Je le faisais pour le gosse, pas pour moi. Alors j'ai traversé la salle d'attente et j'ai ouvert la porte du cabinet.

Et je suis tombé en plein sur Doc Goldman.

CHAPITRE XV

Il avait son chapeau. Il s'apprêtait à franchir la porte dans l'autre sens et il était au moins aussi ahuri que moi. Ce qui n'était pas peu dire, croyez-moi.

Je tentai de parler, de sourire, mais c'était comme si on m'avait fait un nœud avec la langue. Je ne savais vraiment pas quoi faire et ma seule pensée était qu'il m'avait pris la main dans le sac, juste au moment où je venais pour le voler.

J'ai fait un pas en arrière. J'ai marmonné quelque chose. Dieu seul sait quoi et j'étais sur le point de partir en courant.

Mais à ce moment-là il changea d'attitude.

— Collie ! Collie, mon ami !

Il attrapa ma main et l'étreignit.

— Je m'excuse de ne pas t'avoir entendu entrer. J'ai crevé juste au coin de la rue et je suis juste revenu en courant pour appeler un taxi.

— Oh !

Je me mis à respirer plus librement. Pendant un moment, j'avais cru à un coup d'oncle Bud.

— Bon, si vous devez sortir...

— Non, non. Le taxi mettra bien quelques minutes à arriver. Alors, comment vas-tu ? Viens par ici que je jette un coup d'œil.

Il m'a fait passer dans la salle d'examen, m'a demandé de me coucher sur la table. Il continuait à parler, à me poser des questions, tout en prenant mon pouls, une main posée sur mon front.

Je dis que j'habitais toujours chez Mme Anderson. Qu'elle s'était remise du choc qu'elle avait eu en apprenant la vérité sur mon état, et que maintenant tout était comme avant.

— Alors c'est très bien, merveilleux. Je sais l'effet que ça a dû te faire, Collie. Je ne peux pas te dire le cafard que j'ai eu après ton coup de fil.

— Je m'excuse. Je ne pensais pas un mot de tous les trucs que je vous ai dits.

— Bien sûr, je sais bien. Non qu'il n'y ait eu une certaine part de vérité là-dedans. Mais tu comprends, à présent, n'est-ce pas, Collie ? Tu réalises qu'elle devait être mise au courant ?

— Ça oui. Mais ç'aurait été bien mieux si je l'avais mise au courant dès le début.

— Ah oui ? Eh bien, en tout cas, on en a fini avec tout ça à présent, pas vrai ? Détends-toi maintenant, laisse-toi aller...

Il a planté ses doigts dans mes biceps. Il m'a soulevé un bras et l'a secoué en observant le mouvement de ma main. Puis il s'est muni d'un réfracteur de lumière, s'est penché sur moi et m'a écarté les paupières.

— Hmm... hmm. Pas comme ça, Collie. Regarde bien vers moi...

Il a d'abord regardé dans un œil, puis dans l'autre. Mes yeux se sont mis à pleurer et il m'a laissé les reposer un moment, puis il s'y est remis. Enfin il s'est redressé et s'est défait du réfracteur. Il est resté là à me regarder, les sourcils froncés. Il se frappait la paume de la main avec le disque de métal.

— Ça ne va pas, Collie. Ça ne va pas du tout. Tu es beaucoup plus tendu que tu l'étais le soir où on s'est rencontrés.

— Ah ouais ? Je veux dire, vraiment je me sens très bien.

— Mon œil ! Qu'est-ce qui te tracasse ? Et ne me dis pas qu'il n'y a rien.

— Eh bien, je... Il n'y a rien, c'était avant. Mme Anderson a très mal supporté ce que vous lui avez appris. Elle va bien à présent, mais je crois bien que je suis encore un peu retourné.

— Un peu n'est pas vraiment l'expression qui convient. Et je ne m'explique pas ça, Collie. Tu étais déjà très très bas. Le balancier était à son point le plus bas. Même si ça ne s'était pas terminé de façon relativement heureuse — ainsi que tu l'as précisé —, tu devrais être en train de regrimper à présent.

— En tout cas, c'est comme je vous l'ai dit. Tout se passe très bien.

On corna dans la rue. C'était son taxi. Il hésita.

— Je crois qu'il faut que j'y aille, Collie, mais... peux-tu m'attendre ici ? Je ne pense pas en avoir pour plus d'une heure.

— Je ne sais pas. Sûr que j'aimerais bien, mais, eh bien, c'est Mme Anderson qui m'a amené en ville. Elle avait des amis à voir, et je crois qu'il faudra que je parte quand elle repassera me prendre.

— Dis-lui de t'attendre, Collie. (Il remettait son chapeau.) Dis-lui que j'aimerais la voir, elle aussi. Tu peux faire ça ?

On klaxonna à nouveau. Je lui dis que je ne pensais pas qu'elle attendrait. Elle serait certainement pressée.

— Alors attends-moi tout seul. Je te raccompagnerai moi-même.

— Je ne peux pas. Je veux dire… Eh bien, je ne suis pas sûr de pouvoir. Voyez-vous je… je…

— Oui ? dit-il. Oui, Collie ?

Et puis son expression a changé, est devenue une sorte de non-expression, et il s'est tourné et s'est dirigé vers la porte.

— Il faut que j'y aille. Tu restes si tu peux, Collie.

Il se précipita. La porte de devant claqua et un moment plus tard j'entendis le taxi qui s'éloignait.

J'ai passé une main sous ma hanche droite. Je me suis tourné avec précaution, et j'ai attrapé le pistolet juste au moment où il tombait sur la table. Ce fichu truc avait glissé quand je m'étais étendu. Si Doc m'avait demandé de me tourner il l'aurait vu.

Je l'ai remis dans ma poche. J'ai bondi de la table et je me suis mis à fouiller l'armoire aux médicaments. C'était un haut rangement métallique muni de six grands tiroirs qui comportaient eux-mêmes une douzaine de petits tiroirs chacun. Aucun n'était fermé à clé. Les seules choses que Doc mettait sous clé, c'étaient les narcotiques, et ils étaient dans son coffre.

J'ai pris une seringue de deux centimètres cubes et deux aiguilles hypodermiques — deux dans le cas où l'une casserait. J'ai continué à fouiller à toute allure, ouvrant et fermant les tiroirs à la volée. Finalement j'ai trouvé l'insuline. C'était le modèle ordinaire, mais il n'y en avait que deux, deux de ces ampoules de 400 unités, dix centimètres cubes chacune. J'ai hésité, les yeux sur ces petits tubes clairs comme du cristal. Puis je les ai déposés sur la table avec la seringue hypodermique et les aiguilles et je suis retourné à l'armoire. Les étiquettes sur les tiroirs n'étaient peut-être pas à jour. Doc avait pas mal de boulot et il n'avait personne pour l'aider. Et parfois il se mélangeait les pédales.

J'ai recommencé en partant du haut. J'y suis allé doucement ce coup-ci, fouillant chaque tiroir de fond en comble. J'ai fait ça jusqu'en bas, sans rien laisser au hasard. Et puis il n'y eut plus à tortiller. Il n'y avait que ces vingt centimètres cubes. Pas un de plus, il faudrait faire avec. Ça n'en avait pas l'air, mais c'était peut-être plus que suffisant pour remettre le gosse sur pied et lui permettre de tenir quelque temps. En réalité je n'en savais rien. Il y avait tant de choses que je ne savais pas.

J'ai pris un torchon en papier à l'évier et j'ai enveloppé le matériel dedans. J'ai quitté la maison, tourmenté à l'idée d'avoir trouvé si peu et tourmenté à l'idée d'avoir pris autant. Sûr que ça ferait défaut à Doc — c'était toute sa réserve. Tout ce que je pouvais espérer, c'est qu'il n'en aurait pas besoin dans l'immédiat.

Oncle Bud m'attendait devant le drugstore. On est partis immédiatement, et je lui ai fait part de mes doutes. Ça n'a pas eu vraiment l'air de lui briser le cœur.

— Alors ça sera peut-être pas assez? Ça, c'est vraiment moche. Mais tu as fait de ton mieux, Kid. On a tous fait de notre mieux.

Je regardais droit devant moi, je n'ai rien répondu. Il a lâché le volant pour me donner une petite tape dans le dos.

— Allons, le prends pas comme ça, Kid. Sûr que c'est bien dommage, mais ce genre de choses s'arrange toujours au mieux. C'est comme ce qu'on disait ce matin, tu sais. Sûr qu'on ne veux pas voir ce gentil petit y passer, mais s'il y passe ce sera peut-être pas si mal pour nous.

— Ah ouais, c'est bien vrai. Je crois bien que ça m'était sorti de l'esprit.

— Tu vois bien. Alors remets-toi, d'accord ? (Il me poussa du coude.) C'est peut-être notre chance. En espérant, bien sûr, que ce sera suffisant.

— Impossible de savoir, dis-je. Ça fera peut-être juste l'affaire. Ça le gardera peut-être en vie quarante-huit heures de plus, en tout cas, peut-être même plus que ça. Je n'en sais rien.

— Ouais ? Mais tu disais que...

— J'ai dit qu'il lui en fallait probablement plus que ça. Dans l'état où il est, je ne suis même pas sûr que ça le soulage à moitié. Mais ça pourrait le maintenir en vie jusque après qu'on ait touché le fric !

Il haussa les épaules.

— Alors dans un cas comme dans l'autre, on n'a pas à s'en faire, pas vrai ?

J'ai acquiescé en silence. Et à mon avis il en avait dit beaucoup dans cette dernière phrase. Fay voulait peut-être que le gosse y passe, ou elle voulait peut-être qu'il vive. Je n'en savais rien. Mais oncle Bud... Il avait dévoilé son jeu. Il voulait nous garder dans sa poche, Fay et moi, nous empêcher de faire quoi que ce soit qui foute tout en l'air. Ça mis à part, ce qui arriverait au gosse lui était indifférent. Et il n'y avait qu'une raison à ça.

Il allait se tirer avec le fric. Il serait loin quand l'orage éclaterait.

C'était ce qu'il croyait, en tout cas.

CHAPITRE XVI

Le gosse était conscient, mais il était affreusement faible. Ses reins avaient fonctionné sans arrêt, à essayer d'évacuer le sucre que son système ne pouvait pas brûler. Il était même trop faible pour émettre un son. Je lui ai demandé comment il se sentait, et ses lèvres ont remué un peu mais aucun mot n'en est sorti.

Oncle Bud était parti. Il n'aurait pas pu supporter de rester, à ce qu'il disait ; tout ce qui avait trait aux piqûres lui donnait la nausée, et de toute façon il avait des choses à faire en ville.

A l'aide d'une fourchette, j'ai retiré une des aiguilles de la casserole d'eau que j'avais mise à bouillir. Puis je l'ai ajustée à la seringue hypodermique et je l'ai enfoncée dans le bout en caoutchouc d'une des deux ampoules. J'ai aspiré doucement. La seringue contenait deux centimètres cubes, et je n'avais aucune idée de la dose limite pour un enfant de sept ans, assez atteint en plus de ça. Mais je me disais qu'il lui fallait une bonne rasade.

Néanmoins, lui en donner trop à la fois eût été une erreur — peut-être fatale. D'après mes souvenirs de l'hôpital psychiatrique, un centimètre cube faisait 80 unités ; l'étiquette sur les ampoules disait qu'il s'agissait d'insuline ordinaire, 400 unités. Je savais que ça dépendait de la concentration, mais... — Eh bien, je devais faire avec. J'avais peur, je ne savais pas où j'en étais, mais je devais aller jusqu'au bout et espérer que tout se passerait au mieux.

J'ai pris le bras amorphe du gosse, et Fay, qui regardait de la porte, fronça les sourcils.

— Ce n'est pas comme ça qu'on fait, si ? On m'a toujours piquée au bras gauche.

J'ai secoué la tête, je n'ai pas répondu. Je me concentrais sur le gosse. Il eut un petit sursaut au moment où l'aiguille pénétra. Fay, qui se tenait juste derrière moi, sursauta aussi, et bien sûr ça déclencha tout. Je lui injectai tout le contenu de la seringue, plus que je n'en avais l'intention, mais j'avais été surpris. J'ai retiré l'aiguille et j'ai attendu. J'ai observé son visage avec attention dans l'attente d'une réaction, mais il n'y en avait aucune. Alors j'ai à nouveau rempli la seringue, je lui ai enfoncé l'aiguille dans le bras et j'ai fait une nouvelle injection.

Il a eu un sursaut, elle a eu un sursaut, j'ai eu un sursaut. J'ai posé la seringue, j'ai observé le gosse, et il a eu une véritable réaction ce coup-ci. Il a frissonné violemment, a pris une grande inspiration. Son visage est devenu écarlate et il s'est mis à suer de partout. Celle-là il l'avait sentie passer.

Je fus transporté de joie à l'idée qu'il allait s'en tirer, assailli par l'idée que je lui avais mis une dose trop forte, et puis soudain confiant dans ce que je faisais. C'était normal, ça arrivait souvent pour autant que je me le rappelais, et je savais exactement quoi y faire. Mais je n'en eus pas le temps. J'avais à peine saisi le bol d'eau sucrée pour en donner une cuillerée au gosse, quand Fay poussa un cri et le fit voler hors de mes mains.

— Tu ne sais pas ce que tu fais ! Tu es cinglé ! Tu... Espèce de...

J'ai bondi sur mes pieds et je l'ai saisie par les épaules.

— Mais je sais ce que *toi,* tu es en train de faire ! Et c'est fini, maintenant !

Je l'ai éjectée hors de la chambre. Je l'ai traînée dans le salon et je l'ai aplatie au fond d'un fauteuil.

— Tu restes ici, maintenant ! Si tu me fais encore un coup comme ça, je... je...

J'ai foncé dans la cuisine, j'ai balancé du sucre et de l'eau dans un autre bol. J'ai mélangé le tout en revenant dans la chambre au pas de course et j'ai commencé à en donner au gosse.

Il n'avait pas besoin d'autre chose. Un truc qui atténue le choc provoqué par l'insuline. Je le soutenais avec le bras, et de l'autre main je lui enfournais du sucre aussi vite que je pouvais manier la cuillère. Sa respiration s'apaisa, les hoquets et les frissons disparurent. Il se calma complètement, cessa de transpirer et la rougeur de son visage disparut.

J'ai doucement reposé sa tête sur l'oreiller. Il a levé sur moi de grands yeux écarquillés — il avait toujours peur, évidemment ; il était effrayé d'être ici, sa maison lui manquait — mais il se sentait beaucoup mieux. Il se sentait tellement mieux qu'avant qu'il ne put s'empêcher de sourire faiblement.

Je lui rendis son sourire. Ses yeux se fermèrent doucement et il s'endormit. Je suis resté un moment à côté de lui, au cas où il aurait eu une réaction à retardement. Mais il n'en a pas eu, alors j'ai éteint la lumière et je suis passé dans le salon.

Fay était exactement où je l'avais laissée. Je me suis servi un verre et je me suis assis.

— Il va bien. Tu peux aller le voir si tu veux.

— Non ? Je peux ?

Elle faisait une tête sinistre.

— Il va bien, et il va continuer comme ça. Je... C'est du simple bon sens, Fay. Tu devrais comprendre ça. Mieux il ira quand sa famille le récupérera, mieux ce sera pour nous.

Elle fit la grimace. Elle attrapa la bouteille de whisky et la bascula sur son verre.

— Quand, répéta-t-elle d'une voix sourde. Tu veux dire si, pas vrai ? (Et avant que je puisse lui répondre :) Combien de temps tiendra-t-il avec ce que tu lui as donné ?

— Assez longtemps. Je suppose, en tout cas.

— Bien sûr. Tu *supposes*. Mais tu n'en sais rien, pas vrai ? Tout ce que tu sais c'est qu'on l'a sur les bras — un gosse qui peut nous claquer dans les doigts à tout moment. Un gosse qui a sa photo dans tous les journaux du pays. On ne peut pas se barrer avec lui, et on ne peut pas s'en aller sans lui. Tout ce qu'il nous reste à faire, c'est de rester assis là, un kilo de dynamite sous les fesses, à espérer que le ciel ne nous enverra pas sa foudre.

— A moins que tu n'aies une meilleure idée...

— Laisse tomber. Oublie-moi. Je vais devenir mongole moi aussi, si je continue à parler avec toi.

Je suis allé dans la cuisine, et je me suis fait deux sandwiches. J'en ai mangé un et je suis revenu au salon avec l'autre.

Elle me regarda pendant que je l'entamais, puis elle eut un rire blasé.

— Pauvre Collie. Peut-être qu'ils le pendront, mais il se remplira la panse d'abord.

— Avec de la bouffe, lui fis-je remarquer.

— Mmm ? (Elle a froncé les sourcils. Puis elle a ri à nouveau. Très fort. Trop, peut-être. C'est des trucs comme ça qui... Ce genre de trucs qui me déroutaient.) Tu étais si futé parfois que je ne voyais pas comment...

— Oui ?

— C'est sans importance. Les choses ne sont plus ce qu'elles étaient.

— Je ne sais pas ce que le docteur t'a raconté à mon sujet, dis-je. Pas exactement. Mais j'aimerais bien le savoir.

— En ce cas je vais te renseigner sur l'essentiel. Il m'a dit qu'avec l'environnement et les connivences adéquates, tu te porterais très bien. Que tu étais sur la voie de la guérison, et que tu serais bientôt au bout. D'un autre côté... (Elle hésita.) D'un autre côté...

— Eh bien ?

— Pourquoi s'étendre sur la suite ? Le côté soupçons irraisonnés, réactions dangereuses et compagnie. Disons juste que c'est ma faute, et je m'en excuse. Mais ça ne change rien. Je ne peux pas laisser ça changer quoi que ce soit.

— Ecoute, Fay. Si je savais seulement ce que tu veux, si seulement tu t'exprimais clairement, je pourrais peut-être...

— Je te le rends bien. Tu me le rends peut-être deux fois, dans la mesure où tu es dans un état considérablement plus critique que moi, dans ce domaine. Non. (Elle leva la main.) On arrête de revenir là-dessus, parce qu'à chaque fois ça s'embrouille un peu plus, et je te plains un peu plus. Dis-moi simplement une chose si tu peux. Combien de temps penses-tu avec certitude que le gosse tiendra sans être soigné correctement ?

— Je l'ai soigné correctement. Ce n'est peut-être pas ce que tu crois, mais...

— Allons, pas de susceptibilité déplacée, Collie ! Tu sais très bien ce que je veux dire, alors réponds à ma question.

— Eh bien, avec l'insuline que je lui ai donnée et la façon dont ça a agi, il n'aura pas de problèmes pendant encore vingt-quatre heures.

— Tu as l'air si sûr de toi.

Je l'avais trompée avec mon air confiant alors j'ai ignoré sa remarque.

— Il pourra manger quelque chose demain, et ça aidera. Un œuf poché, peut-être un peu de viande grillée et du lait.

Elle inclina la tête, se renversa dans son fauteuil et bâilla.

— Oh ! pardon. C'est pas la faute au whisky, c'est la conversation. Pourquoi ne pas vous mettre en congé, docteur ? Je crois qu'on vous réclame à l'annexe.

J'ai dit que je pensais justement à y aller. J'étais crevé, et le gosse allait dormir profondément jusqu'au matin. Elle me regarda d'un air absent, sans répondre. Alors j'ai rapporté mon assiette à la cuisine et je suis parti.

Un petit vent s'était levé et il faisait plutôt froid, pour tout dire. Mais j'ai laissé la fenêtre de ma chambre ouverte. Elle donnait sur l'allée, et si elle prenait la voiture ou si quelqu'un remontait le chemin, je l'entendrais à coup sûr. Je... En fait, je ne savais pas à quoi m'en tenir, vous comprenez. Je ne voyais pas pourquoi il serait venu quelqu'un, ni pourquoi elle aurait pu vouloir se tirer. Je n'avais aucune idée de ce qui pouvait arriver, alors il fallait que j'essaie de m'attendre à tout.

Je me suis déshabillé. Je m'apprêtais à glisser le pistolet sous mon oreiller, et puis je me suis dit que c'était peut-être un autre truc auquel il fallait faire attention. Elle savait que je le mettais là, alors il valait mieux que je le change de place.

J'ai cherché autour de moi. Finalement, j'ai rapproché la table de chevet du lit, j'y ai posé le pistolet et j'ai étalé un magazine ouvert dessus. Ça faisait assez naturel, comme si j'avais été en train de lire le magazine et que je l'aie posé ouvert pour garder ma page. Je pouvais attraper le pistolet aussi vite que s'il était sous mon oreiller.

J'ai éteint et je me suis couché.

Je me suis endormi immédiatement. Je me suis réveillé trente minutes après, toujours crevé, mais incapable de me détendre. J'ai avalé un verre d'eau et j'ai fumé quelques cigarettes. Après je me suis un peu assoupi, et puis je me suis réveillé à nouveau. Tendu, mal à l'aise. Les nerfs en boule. Ma tête ne voulait pas s'arrêter.

Oncle Bud. Je savais ce qu'il s'apprêtait à faire, alors comment allais-je pouvoir l'arrêter ? Je savais que je devais le faire — même si je ne savais pas pourquoi — mais je ne voyais pas du tout comment j'allais m'y prendre.

Il était là, dans ma tête. Je le voyais en gros plan. Le chapeau rejeté en arrière sur ses cheveux de neige, un agréable sourire aux lèvres, le regard chaleureux et amical. Je le voyais clair comme en plein jour, j'entendais sa voix, paisible et douce. Je me suis concentré et j'ai entendu qu'il parlait de... de... j'ai écouté avec attention, j'ai fait le vide autour de lui, et les mots ont fini par sortir — de l'endroit du paiement.

Il me l'expliqua à nouveau du début, patiemment, tout sourires. Et tout ce temps-là il se marrait intérieurement.

« ... Ouais, je sais, Kid. C'est comme ça que ça se passe en général, et c'est comme ça que la plupart des types se font avoir. Ils filent quelque part en pleine nature, à perpette — et ils exigent que l'argent soit balancé d'une voiture ou un truc idiot dans ce genre. Ils se croient en sécurité parce qu'il n'y a personne dans les environs, mais c'est justement pour ça qu'ils ne sont pas en sécurité. Comment savent-ils ce qui se cache dans les bois, ou derrière une colline ? Comment savent-ils que tout le secteur n'est pas cerné ? Tu vois ce que je veux dire, Kid ? En fait ils font le travail des flics. S'il n'y a qu'un quidam dans les environs, c'est forcément lui le bon.. Nous, on ne fera pas comme ça. Moi, comme je vois les choses... »

L'argent serait déposé à la consigne de la gare au nom de « M. Whitcomb ». Un intermédiaire — prévenu par téléphone — serait chargé de le récupérer. Il se trouverait dans une valise ordinaire. Des tas de gens circuleraient autour, entreraient, sortiraient de la consigne, munis de valises exactement semblables. Les flics auraient du mal à en pister un dans le tas ; ils devraient se montrer pour ça. S'ils décidaient de le faire quand même, s'ils suivaient l'intermédiaire, ils n'attraperaient pas oncle Bud.

Il connaissait une espèce de clochard, un alcoolo avec un casier judiciaire. Le type ferait n'importe quoi pour quelques dollars, sans poser de questions, et c'est à lui que la valise serait délivrée, au taudis qu'il habitait. Si rien n'arrivait dans l'heure suivante, oncle Bud passerait prendre l'argent. S'il se passait quelque chose — si les flics agrafaient le type — eh bien, ce serait bien dommage pour lui. Il serait pris en flagrant délit. Il parlerait, évidemment, mais il ne pourrait rien prouver. Oncle Bud se contenterait de dire que le type mentait, et les choses en resteraient là.

Non, oncle Bud ne prenait jamais de risques. Les risques, c'était bon pour les autres — c'est-à-dire moi. Je les avais tous pris, et lui il s'apprêtait à prendre tout l'argent.

Il était là dans ma tête, à expliquer, tout sourires, et à se foutre de moi. Tout prêt à prendre le fric — *mon fric,* et ça le faisait rire. Il riait, riait, riait, et il devait y avoir un moyen, je devais trouver un moyen de l'arrêter d'une façon ou d'une autre...

Je me suis endormi.

... Il était tard quand je me suis réveillé. Autour de midi. Quand j'ai vu l'heure qu'il était j'ai bondi hors du lit. J'étais effrayé, je sentais que quelque chose ne tournait pas rond, qu'on m'avait joué un sale tour pendant toutes ces heures où je dormais.

J'ai regardé sous le magazine, et de ce côté-là tout allait bien. Le pistolet était là où je l'avais laissé. Tout allait bien du côté de la porte aussi, elle était toujours bien calée par la chaise que j'avais glissée sous la poignée. Tout en enfilant mon pantalon j'ai regardé par la fenêtre.

La voiture n'avait pas bougé. Elle était exactement à la même place que la veille. Personne ne venait dans cette direction et tout paraissait normal. Non ! Quelqu'un venait bel et bien dans cette direction.

Fay. Elle sortait juste de la maison, un plateau à la

main. Elle venait vers moi, et elle était habillée exactement comme quelques jours plus tôt — le matin où Doc Goldman lui avait téléphoné et où tout s'était mis à foutre le camp.

Elle avait les jambes et les épaules nues, elle était couleur d'ivoire sous le soleil. Son short moulait le galbe de ses cuisses, et son fin chemisier blanc, étroitement ajusté, se mouvait doucement avec la chair qu'il enveloppait.

Elle vit que je la regardais et sourit. Elle s'arrêta sous la fenêtre, me regarda en souriant. Et si le whisky de la veille avait laissé des séquelles visibles, j'étais incapable de les voir. Elle avait l'air aussi neuve, aussi belle que cet autre matin.

Ses yeux étaient clairs comme du cristal, aussi lumineux que je m'en souvenais. Ses cheveux avaient le même aspect soyeux, éclatant, et son teint la même fraîcheur.

Tout était pareil. Tout était exactement semblable à ce matin-là ; comme si c'était toujours ce matin-là, comme si tout ce qui s'était passé depuis n'avait été qu'un mauvais rêve.

Elle me souriait.

— Alors ? Tu en veux ?

J'ai fait oui avec la tête. Ou j'ai cru le faire. Je ne sais plus. J'ai réussi à marmonner que oui.

— Je voulais dire, du café ?

Et elle a ri et s'est dirigée vers les marches.

CHAPITRE XVII

Je l'ai fait entrer, et je l'ai débarrassée du plateau. J'ai essayé de me comporter exactement comme elle, de blaguer, d'être détendu. Mais j'avais dans l'idée que tout ça n'était pas normal, qu'elle devait avoir quelque sale coup en tête. Alors je lui ai laissé une bonne occasion — ça y ressemblait, en tout cas — de saisir sa chance.

Je me suis excusé et je suis allé dans la salle de bains. J'ai fait couler l'eau, je suis revenu vers la porte sur la pointe des pieds et j'ai regardé par l'entrebâillement.

Fay était toujours sur la chaise, à plusieurs pas du lit. Je l'ai observée deux minutes, persuadé — tout en espérant qu'elle ne le ferait pas — persuadé qu'elle allait regarder sous l'oreiller. Qu'elle chercherait ailleurs en vitesse quand elle verrait que le pistolet n'était pas là. Mettre la main sur ce pistolet, c'était la seule chose qu'elle pouvait avoir en tête. Et si ce n'était pas ça, alors c'était quoi ?

Ce n'était pas ça. Elle est simplement restée assise là. Elle avait croisé les jambes. Elle chantonnait à mi-voix.

Je me suis lavé et je suis revenu dans la chambre. Elle a servi le café, m'a tendu une tasse. Elle a dit que le gosse se sentait bien. Qu'il était en pleine forme. Qu'il avait avalé deux œufs pochés et un verre de lait.

— Il a voulu se lever, mais je ne le lui ai pas permis. J'ai pensé qu'il valait mieux qu'il reste au lit. J'ai bien fait, non ?

J'ai acquiescé. Et je me suis dit qu'il était peut-être la cause de tout cela. Qu'il se sentait bien, qu'elle n'était plus aussi angoissée. Qu'elle-même se sentait bien.

J'ai froncé les sourcils, sans m'en rendre compte. C'est juste que je me posais tant de questions, vous comprenez. Je n'arrivais pas à croire que tout était bien comme ça. Elle a fait un drôle d'air, elle aussi, un air un peu honteux, honteux et mal assuré. Et puis elle a souri à nouveau.

— Oui, Collie ? Oui, mon Apollon du ring ?

— Ben... (J'ai hésité.) Ben, je me demandais juste...

— Et moi donc. Et je ne pense pas que je sois capable d'expliquer ça. Je crois bien...

Elle s'arrêta, haussa les épaules.

— Je crois bien l'avoir dit dès le début. Je suis une follingue, une névrosée. Quand on tient une telle descente, et ça depuis si longtemps, ça porte forcément atteinte aux méninges. La pauvre fille était déjà instable de caractère au départ, et la bouteille ne l'a pas vraiment arrangée. Il en faut très peu pour la faire dérailler. Vraiment très peu. Et il s'en est passé plus que ça ces derniers jours. Alors...

Elle a reposé sa tasse. Elle m'a regardé, m'a pris ma tasse des mains et l'a posée à côté de la sienne.

— Alors ? dit-elle. Alors, Collie ?

J'ai fait signe que je comprenais. Et je le pensais vraiment. Dans les hôpitaux j'ai vu bon nombre d'alcooliques. Quand ils sont calmes ils sont d'une gentillesse et d'une intelligence exceptionnelles. Mais il n'y a pas plus cinglés, pas plus agressifs qu'eux s'ils sont dans un sale état.

— Dis-moi... (Elle pencha la tête sur le côté.) N'avions-nous pas rendez-vous, il y a quelques jours de ça ? Oui, non ? Collie, tu ne te rappelles pas ?

— Fay, je... je...

— Les mots te manquent, hein ? (Elle rit doucement.) Espérons que ce n'est pas le signe d'un quelconque handicap physique. Maintenant, si tu veux bien passer dans la salle de bains...

— La... la salle de bains ? bégayai-je.

— La petite pièce dans laquelle tu étais tout à l'heure. Celle qui a les meubles en émail.

Je me suis levé et je suis allé dans la salle de bains. Je l'ai entendue tirer le store, et je me suis précipité sur la porte. Puis j'ai vu ce qu'elle était en train de faire, et je suis resté où j'étais jusqu'à ce qu'elle me dise de venir.

Ses chaussures étaient par terre, à côté de la chaise. Sur la chaise il y avait son chemisier et son short. Elle était étendue sur le lit, ses cheveux noirs déferlaient sur l'oreiller.

Elle a tendu les bras vers moi.

... Il y a certaines choses qu'on ne peut pas feindre, où on ne peut pas faire comme si, et ça en fait partie. Vous savez toujours si une femme veut de vous ou non. Et je l'ai su tout de suite avec elle. Son désir était réel. Il n'y eut pas une seconde de simulée de toute l'heure qu'on passa ensemble. Alors, même si elle avait une bonne raison pour laisser parler son désir — et elle en avait une, bien sûr — elle n'eut pas à faire semblant. Pas pour ça, même si c'était bien tout.

Elle était partie, à présent. Elle s'était habillée et elle était retournée à la baraque pour voir comment se portait le gosse. Et je suis resté allongé sur le lit. Parce qu'elle n'en avait que pour quelques minutes. Elle allait simplement jeter un coup d'œil au gosse, elle voulait voir si oncle Bud avait appelé, et puis elle reviendrait. Elle serait bientôt ici avec moi. On serait à nouveau ensemble, Fay et moi, on serait tous les deux. Et on parlerait, ce coup-ci.

Je saurais ce qu'elle pensait vraiment, à propos du gosse. Je saurais si elle pensait comme moi, à savoir que si on le rendait sain et sauf à sa famille le reste n'aurait pas vraiment d'importance. On n'aurait pas à se découvrir pour ça, encore que selon toute probabilité les flics finiraient par nous mettre la main dessus. On pourrait le laisser ici, disons — ou n'importe où il serait bien et en sécurité. Puis on mettrait les bouts, et on enverrait un message pour dire où le trouver. Ça couperait l'herbe sous le pied d'oncle Bud. Et si on se faisait prendre en finale, sûr que les choses se présenteraient bien mieux pour nous. On aurait fait quelque chose d'assez moche, mais si on avait fait de notre mieux pour réparer...

Bien sûr, ce n'était pas ce qu'on pouvait faire de mieux. Il aurait mieux valu appeler les flics immédiatement ; nous rendre sans attendre d'être pris. Mais je ne me voyais pas aller jusque-là, et elle non plus, j'en étais sûr. Les gens qui boivent beaucoup sont toujours terrifiés. Ils peuvent donner l'illusion du contraire — se conduire durement, comme s'ils n'en avaient rien à foutre. Mais en fait ils ont peur. Ils ont trop d'imagination. Tout prend des proportions démesurées dans leur tête, ils voient les choses cent fois pires qu'elles ne sont. Et un truc comme ça, répondre à une accusation de kidnapping, avait de quoi faire peur sans qu'il y ait besoin de broder autour.

Alors on se contenterait de faire ce qui nous était possible. Si elle était de mon avis, si c'est ce qu'elle voulait aussi. Comme je le lui avais dit, le gosse n'aurait aucun problème aujourd'hui. On pouvait le laisser ici, ou ailleurs ; puis nous tirer et prévenir les flics. On n'avait pas tellement de fric — je n'en avais pas du tout et elle ne pouvait pas en avoir à ce point-là. Mais on s'en sortirait d'une façon ou d'une autre, et le gosse serait sauvé. Sur le moment le reste n'avait pas vraiment d'importance.

J'ai allumé une cigarette et j'ai reposé ma tête sur l'oreiller. Je me demandais comment j'allais amener ça sur le tapis, et j'espérais qu'elle le ferait avant moi. Si seulement on avait eu confiance l'un dans l'autre. Parce que naturellement, ce n'était pas le cas. Ces derniers jours, on n'avait guère fait que se soupçonner et se méfier l'un de l'autre. Tout ça ne pouvait pas disparaître en une heure.

Même maintenant, j'en étais persuadé, si la proposition venait d'elle — si elle me suggérait ma propre idée —, je ne verrais pas ça d'un très bon œil. Je penserais qu'elle cherchait juste à me sonder, à savoir ce que j'avais en tête pour m'empêcher de le mener à bien. Et si c'est là tout le bien que je pensais d'elle, il y avait des chances que ce fût réciproque, en quinze fois pire.

J'étais un malade mental. Je m'étais évadé d'un asile de fous, j'étais un dingo, et armé, j'étais un ex-boxeur qui pouvait faire pas mal de dégâts même sans flingue, si ça lui prenait. J'étais tout ça, et elle, en face, était bien elle-même une sorte de malade mentale. Fantasque, perpétuellement effrayée. Essayant de noyer sa peur dans l'alcool, et l'y retrouvant chaque fois comme un poisson dans l'eau.

Elle aurait du mal à me parler sans détour. Probable que ça lui serait tout simplement impossible. Elle avait fait tout ce qu'il lui était possible de faire, je crois, pour briser la glace. C'était à moi de faire le reste du chemin, et je ne voyais pas du tout comment m'y prendre. Mais je me disais que ce serait beaucoup plus facile après ce qui venait de se passer.

Je devais représenter beaucoup pour elle, pour qu'elle en vienne là. Elle ne pouvait pas faire ça avec n'importe qui, pas vrai ? Ou... ou pouvait-elle ?

Elle n'avait pas joué la comédie, mais ça ne voulait pas forcément dire que c'était important. Elle avait dérivé toute seule un bout de temps. Buvant au point qu'elle ne savait plus trop ce qu'elle faisait, ou qu'elle s'en fichait éperdument. Traînant dans des boui-bouis comme chez Bert. S'acoquinant avec des types comme Bert ou oncle Bud. Ce genre de femme...

Mais Fay n'était pas ce genre de femme, justement. Même si elle en avait l'air. Elle était tout ce qu'on voudra, mais ce n'était pas une fille facile. Même si c'était un tour qu'elle me jouait. Et j'espérais bien que ce n'était pas le cas. Dans son intérêt, et dans le mien. Parce qu'un type comme moi, mieux vaut éviter de lui jouer des tours.

D'abord parce qu'on a peu de chances de s'en tirer sans casse. Il a l'œil pour ça, il connaît toutes les ficelles possibles et imaginables. Et si vous faites un geste pour en manœuvrer une, il sera sur place avant vous. Et aucune explication ne lui suffira. Si vous êtes futé, vous n'essaierez même pas de vous justifier. Tout ce qu'il voit, c'est qu'on a essayé de le rouler, de se servir de lui. Et tout ce qu'il vous reste à faire à partir de là c'est de rester en dehors de son chemin. Si vous pouvez. S'il vous laisse faire. Parce qu'il n'aura plus jamais confiance en vous. Il vous surveillera d'autant plus près, et si vous faites ne serait-ce qu'un petit pas dans la mauvaise direction, il y a de grandes chances que ce soit votre dernier.

J'étais déjà passé près une ou deux fois. J'avais déjà l'œil à tout. Ce n'est pas ce que je voulais — je voulais faire confiance à Fay —, mais c'était plus fort que moi. Alors j'espérais bien que ce n'était pas un tour qu'elle me jouait.

J'ai entendu claquer la porte de la cuisine. J'ai remonté le store et j'ai regardé par la fenêtre. Elle venait par ici. Elle avait passé une robe, et elle marchait plutôt vite. Et pourtant elle avait l'air de traîner les pieds, dans un sens. Comme si elle se forçait à avancer.

J'ai senti la tension qui remontait. Je me suis assis et j'ai enfilé mes vêtements. J'ai pris le pistolet et je l'ai fourré dans ma poche. Je l'ai entendu monter les escaliers. J'ai attrapé mes chaussures, et j'étais en train de les mettre quand elle a ouvert la porte.

Elle est entrée. Elle m'a regardé, l'air tendu. Le regard perdu et terrifié. Je me suis redressé et je l'ai regardée dans les yeux.

— Qu'est-ce qui se passe ?

— Collie je... je... (Elle hésita, prit une grande inspiration.) Je viens juste de parler à oncle Bud, Collie.

— Ouais et alors ?

— Je... Il pense qu'on ferait mieux de venir tout de suite ! Je l'ai appelé et c'est ce qu'il a dit, Collie.

J'ai fini d'attacher mes lacets et je me suis levé. Elle a fait un pas en arrière.

— Continue. Pourquoi oncle Bud pense qu'on devrait venir immédiatement ? Tu ne crois pas qu'on devrait me mettre au courant ?

Des larmes sont apparues dans ses yeux. Sa figure s'est tordue quand elle a essayé de me rendre mon sourire. Et je crois qu'elle a vu que je ne souriais pas vraiment, que ça avait juste l'air d'un sourire. Elle a fait un autre pas en arrière.

— Tu devrais faire attention, dis-je. Encore un peu et tu seras de l'autre côté de la porte. Tu pourrais passer par-dessus la balustrade et te rompre le cou.

Elle a vivement regardé derrière elle. Elle m'a regardé de nouveau. Ses lèvres tremblaient. Elle avait la figure couleur de craie. Je me suis demandé où elle avait trouvé le courage d'essayer ça — de même pousser sa petite comédie aussi loin. Et sachant combien elle avait peur, je suppose que j'aurais dû l'admirer pour ça. Mais ce n'était pas le cas. C'était tout, sauf de l'admiration que je ressentais pour elle.

— Continue. Tu n'as quand même pas peur de me parler, Fay ? Après tout, nous sommes si proches l'un de l'autre. Des amoureux, pas moins. On devrait pouvoir tout se dire, non ?

Du rouge lui est venu au visage. Elle a pris une autre profonde inspiration, et elle a enfin réussi à le sortir :

— Le gosse, C... Collie. Il s'est enfui.

CHAPITRE XVIII

J'ai opiné du chef et je lui ai souri, d'un sourire qui n'en était pas un. J'ai dit que bon, il n'y avait pas de quoi s'affoler. Dans l'état où il était, il ne pouvait pas être allé très loin. Il s'était probablement caché quelque part dans la baraque.

— Non, non ! (Elle secoua la tête.) J'ai regardé avant d'appeler oncle Bud.

— Laisse-moi jeter un coup d'œil. On va chercher ensemble. Tout près l'un de l'autre, d'accord, comme ça si l'un des deux voit quelque chose il pourra le faire voir à l'autre.

— Mais... mais...

— C'est comme ça qu'on va faire. Et on va le faire tout de suite.

Je l'ai prise par le bras et je l'ai poussée au-dehors. On a descendu les marches, on a traversé la cour et on est entrés dans la maison. On s'est mis à la fouiller pièce par pièce. Je parlais, je blaguais, et Fay bégayait et me répondait presque dans un souffle.

— Bon, ses vêtements ne sont plus là. On dirait vraiment qu'il s'est habillé et qu'il s'est tiré.

— Collie. Il faut qu'on...

— Parfaitement. Ça en a tout l'air. Et il y a toutes les chances qu'il ait fait ça pendant que tu étais là-bas avec moi. On était tous les deux assez occupés, les stores étaient tirés, et on a pas fait attention à grand-chose pendant une petite heure. C'est à ce moment que ça s'est passé... On dirait bien.

Je lui ai fait un sourire. Je lui ai lâché le bras tout d'un coup, en la rejetant en arrière.

— Il faut qu'on parte, Collie ! Il a tout le temps d'aller jusqu'à la grand-route.

— Il n'a pas pu aller si loin. Je suis sûr de ça, et oncle Bud aussi. Sinon il ne voudrait plus rien avoir à faire avec nous.

— Mais... mais...

— Oncle Bud pense la même chose que moi, à savoir qu'il est quelque part pas loin, et qu'il est mort. Il s'est trouvé une jolie petite planque, où personne ne pourra le trouver, et il y est resté. C'est ce que pense oncle Bud... Et j'ai dans l'idée que c'est ce que tu penses aussi.

— Non ! Oh ! Collie, non ! Je ne...

— Je t'avais dit ! je t'avais dit que le gosse devait rester en vie, et je t'avais dit pourquoi. Alors, où est-il ? Où est-ce que tu l'as laissé ?

Elle secoua la tête.

— Je... je... C'est vraiment ce que tu penses de moi ? Tu... tu crois vraiment que j'aurais fait une chose pareille ?

Et pendant un instant j'ai douté. Pendant un instant, j'ai presque vu pourquoi elle avait fait ça — et pourquoi elle l'avait fait comme ça. Elle avait peur. Elle n'était pas certaine de ce que je voulais moi, alors elle avait essayé de me forcer la main. Elle avait caché le gosse, elle l'avait laissé quelque part en sécurité en attendant de pouvoir prévenir les flics. Puis elle m'avait dit qu'il s'était barré, et ça pour qu'on en fasse autant. Elle n'avait pas vu d'autre solution. J'avais plus ou moins pensé faire la même chose.

Alors... Alors j'y étais presque. On était du même côté de la barrière. On voulait tous les deux rendre le gosse à ses parents. Je me suis dit que c'était peut-être ça. Mais dans un cas comme celui-là, un type comme moi n'avait que faire des suppositions. Il fallait que Fay me le dise noir sur blanc, qu'elle crache la vérité tout de suite et sans détour. Elle n'avait que ça à faire... et elle ne l'a pas fait.

Elle avait bien trop peur. Et dans ces cas-là, on fait presque toujours ce qu'il ne faut pas. Et elle a fait ce qu'elle pouvait faire de pire.

Elle m'avait joué un tour. Et là, alors que j'étais encore sous le coup, alors que je me débattais pour sauver ce que je pensais d'elle, elle m'en a joué un autre.

— Collie...

Elle s'est forcée à sourire.

— Calmons-nous, d'accord ? On... on va s'allonger un moment, ça nous remettra les idées en place et on pourra parler et...

Elle s'approcha de moi. Elle souriait toujours. Chaque centimètre lui demandait un effort. Sa main remonta vers son épaule, s'y agrippa en tremblant et descendit lentement sa robe le long de son bras. A ce stade elle a hésité, elle m'a supplié du regard. Elle avait honte malgré sa peur. Puis elle a fait pareil de l'autre côté. Et elle a attendu.

— D'ac... d'accord, Collie ?

Elle était presque contre moi.

— Qu'est-ce que tu crois ? ricanai-je.

Je lui ai mis une baffe. Elle a poussé un cri et elle est partie en arrière, les mains plaquées sur les seins. Elle a heurté un fauteuil et elle a crié à nouveau. Puis elle s'est écroulée et elle n'est mise à gémir tout en se balançant d'avant en arrière.

— C'est qu'un avant-goût de ce qui t'attend si tu essaies encore ce genre de truc !

Elle hoquetait.

— *Espèce de*... de... de...

Elle a cessé de se balancer. Elle a lentement relevé la tête et elle m'a regardé.

— Je te le dis maintenant et je veux que tu t'en souviennes. Je te tuerai pour ça !

— Peut-être. Peut-être bien. Mais pour l'instant tu vas faire tout autre chose. Et tu vas le faire tout de suite !

Elle n'a pas discuté. Elle a remis sa robe en place et elle m'a conduit jusque sous les arbres. Quand on est arrivés au tuyau d'égout qui passait sous le chemin, elle a fait signe que c'était là. Elle est restée en arrière. Je suis descendu et je l'ai sorti de son trou.

J'ignorais si l'effort qu'il avait fourni lui avait fait perdre conscience, ou s'il avait pris un coup. Mais il avait une grande écorchure à la tempe droite. Je l'ai vu si petit, sans force dans mes bras. Et puis je l'ai regardée elle. Et si j'avais eu les mains libres à ce moment-là... Bref, elle a eu de la chance que ce ne fût pas le cas.

On est retournés à la baraque et j'ai étendu le gosse sur le canapé. Fay est restée à regarder, avec une sorte d'air de défi, pendant que je lui nettoyais la figure à l'eau froide.

Il est revenu à lui et quand je lui ai posé la question il a murmuré qu'il se sentait « b...bien ». Je me suis dit qu'il n'était pas réellement blessé, juste très affaibli, et effrayé par toutes ces choses qu'il ne comprenait pas. Son « écorchure » se révéla être surtout de la saleté. Il avait une petite bosse à cet endroit, mais ce que j'avais pris pour une blessure sérieuse partit à l'eau.

Fay se versa un whisky et l'avala d'un trait.

— Alors, on dirait que je l'ai raté, non ? J'ai pas dû taper assez fort.

— Qu'est-ce qui s'est passé ? Vous êtes tombés ?

— Tu crois ? Tu as réponse à tout, alors ? Dis-moi. On est tombés, c'est ça ?

— C'est ce que je crois, oui.

— Tu crois vraiment ? J'ai le bénéfice du doute ? Conneries, mon gros ! Je l'ai cogné, tu piges ? Je l'ai cogné de toutes mes forces avec un gros caillou. Si j'avais eu plus de temps je lui aurais fait pisser sa cervelle par le nez !

Je lui ai dit de se calmer, de ne pas déranger le gosse. Elle a hurlé qu'elle n'en avait rien à foutre.

— Rien, t'entends ? J'ai essayé de le tuer, alors... C'est pas vrai ? C'est pas vrai, espèce de gale, pourri, fils de pute ? Oui c'est vrai ! C'est le genre de salope que je suis ! J'ai voulu le tuer ! J'ai tout fait pour ça ! *Tout, tout, tout...*

Je savais que non. Je le savais, et pourtant c'était facile de croire le contraire. Elle avait l'air plus âgé de vingt ans, l'air d'une sadique, l'air d'une folle. Ses yeux lui sortaient de la tête. Elle n'était plus que vice et folie. Rien d'autre ne semblait l'habiter. Elle avait l'air capable de n'importe quoi.

Je lui ai dit de la fermer. Elle n'en a hurlé que plus fort, reculant tandis que j'avançais sur elle.

Je n'avais jamais entendu une ordure sortir de sa bouche. Des vannes, pas toujours drôles, mais jamais des saletés. Et les noms dont elle m'a traité, les choses qu'elle a dites... J'ai entendu ma part de saloperies, mais jamais à ce point-là. Je connaissais les mots, mais je ne les avais jamais entendus tous à la fois. Personne n'avait pu m'en sortir un sans y laisser quelques dents.

Le brouillard rouge s'est formé devant mes yeux. Il fallait que je m'en débarrasse, qu'il se dissipe tout de suite, parce que sinon j'allais la tuer. Alors je me suis mis à hurler aussi. Je lui ai renvoyé ses cris à la gueule, je l'ai traitée de tous les noms. Je hurlais, elle hurlait, et je ne sais pas combien de temps ça a duré. Tout n'était plus qu'un brouillard rouge rempli de cris et de saloperies, et je ne sais pas, je ne sais plus pendant combien de temps on a continué.

Mais ce fut sûrement assez long.

Assez pour qu'il gare sa voiture dans l'allée et qu'il arrive à la porte de derrière.

Je ne sais pas s'il a frappé — on l'aurait pas su avec tout le bruit qu'on faisait. Probable qu'il a frappé, effectivement, et là-dessus il est entré, comme font tous les docteurs.

On a entendu la porte claquer, et ça nous a arrêtés net. Un silence total est tombé sur la pièce. Mais il était là, il avait tout entendu. Et il avait vu le gosse, bien sûr.

Il s'est avancé, comme si de rien n'était ; il m'a fait un signe de tête et il a souri à Fay.

— Madame Anderson ? Je suis le docteur Goldman.

— Com... comment...

Sa bouche s'est tordue.

— Comment allez-vous, docteur ?

— Je ne reste qu'une minute. J'ai rendez-vous à mon cabinet, mais je passais justement par là et...

Sa phrase se perdit. Il désigna le gosse.

— C'est votre fils ? Collie ne m'avait pas dit que vous aviez des enfants.

— C'est son neveu, dis-je. Il est en vacances ici pour quelques jours.

— Je vois. Il a l'air d'un gentil garçon. Pas très en forme, on dirait ?

Il est allé jusqu'au canapé, s'est assis. Toujours décontracté. Comme s'il n'avait pas entendu le boucan qu'on faisait, comme s'il ne savait pas exactement qui était ce gosse.

— Ça ne va pas fort, hein, fiston ? Ne t'inquiète pas, tu n'as pas besoin de répondre. Voyons si je n'ai pas quelque chose qui...

Il ouvrit sa trousse, la referma.

— Non, je n'ai rien ici. Je me rappelle que j'en cherchais ce matin avant de sortir.

Il a continué à l'examiner une minute ou deux. Je crois qu'il avait peur de se retourner. Qu'il rassemblait son courage en vue de ce qu'il allait faire. Puis il s'est relevé, l'air de rien, il a pris sa trousse.

— Il sera sur pied avec une injection de B-1, dit-il. Il serait bon de le signaler à sa mère. Je lui en aurais fait une, mais je n'en ai pas sur moi.

— T... très bien. (Fay me jeta un regard rapide.) Merci, docteur.

— Je vous en prie. Je regrette de n'avoir rien pu faire.

Il sourit, nous fit un signe de tête — ou plus exactement, il adressa tout ça au vide. Puis il se dirigea vers la porte, les yeux à ses chaussures, en faisant toute une affaire de boutonner son pardessus.

Il s'arrêta. Il regardait toujours par terre. Il fit deux pas de plus vers la porte, puis s'arrêta à nouveau. Je l'ai regardé sans rien dire, puis j'ai bondi et je lui ai barré le passage.

Le vent du dehors faisait bruisser les tas d'herbe morte, soulevait les rideaux, qui revenaient doucement s'aplatir sur les moustiquaires. Et dans la cuisine on entendait le tic-tac de l'horloge qui égrenait les secondes.

Fay exhala beaucoup d'air. Doc leva la tête. Son regard hésita tout d'abord, puis il se stabilisa et plongea dans le mien.

— Comment est-ce arrivé, Collie ? Comment astu pu faire ça ?

J'ai secoué la tête. La vérité, c'est que je n'en savais rien. Ça avait l'air simple, pris étape par étape, mais à présent j'étais incapable de l'expliquer. Et ça n'aurait rien changé de toute façon.

— Enlève-toi de là, ordonna-t-il. Tu m'entends, Collie ? Ote-toi immédiatement de cette porte !

A nouveau, j'ai secoué la tête. J'attendais qu'il fasse le premier geste. J'espérais qu'il y viendrait vite, afin que je puisse en finir, moi aussi.

— Tu ne sais pas ce que tu fais, Collie. Je suis certain que Mme Anderson ne réalise pas non plus. On s'est servi de vous. Quelqu'un vous a utilisés à ses propres fins criminelles.

— Ça ne fait aucune différence, Doc. Vous n'irez nulle part. C'est nous qui partons. Vous, vous restez.

— Non, Collie ! Tu ne peux pas... (Il s'est mordu les lèvres, a regardé Fay.) Ne puis-je faire appel à vous, madame Anderson ? Ne pouvez-vous pas comprendre ? Lui faire comprendre ?

— Fay, dis-je, nous partons. Embarque tout ce que tu veux emmener et va m'attendre à la voiture.

Je ne l'avais pas quitté des yeux, j'attendais. Elle l'a contourné et elle est allée dans sa chambre.

Il y eut une autre bouffée de vent. L'herbe bruissa à nouveau et les rideaux se soulevèrent. Et dans la cuisine le tic-tac de l'horloge égrenait les secondes.

— Bon, fit Doc, après tout...

Il haussa les épaules.

— Si c'est comme ça que ça doit se passer...

Il a fait demi-tour. Puis il a bruquement pivoté sur lui-même, a balancé sa trousse et a plongé vers la porte. J'ai esquivé et j'ai frappé en même temps. J'ai retenu le coup, mais je l'ai eu en pleine mâchoire.

Sa tête est partie en arrière. Ses jambes se sont dérobées sous lui et j'ai dû l'attraper pour qu'il ne tombe pas. Puis je l'ai soulevé et je l'ai porté dans la chambre.

... Son standard savait qu'il était là. Ils ont appelé, juste comme je finissais de l'entraver et de le bâillonner avec son propre adhésif. Je leur ai dit qu'il ne repasserait pas au cabinet aujourd'hui. Qu'il s'occupait d'une urgence, et qu'il faudrait qu'ils rappelllent ici dans la matinée.

Fay était déjà dans la voiture. J'ai allongé le gosse sur le plancher, je suis monté derrière avec lui, et on est partis sur les chapeaux de roues. Vers la grand-route. Vers oncle Bud.

Vers la fin. A toute vitesse.

CHAPITRE XIX

Oncle Bud passait son temps à déménager d'un endroit à un autre. Mais j'avais dans l'idée qu'il s'agirait toujours du même genre de turne. Ça aurait toujours la même gueule.

Ce serait un taudis parce qu'il était près de son fric. Parce qu'il était rarement chez lui s'il avait un autre endroit où aller. Ce serait proche de tout. Ce serait dans un coin que vous ne pourriez probablement pas trouver tout seul. Il faudrait qu'il vous indique la route.

Cette fois-ci il s'était installé dans l'ancien quartier des affaires, ou plus exactement à la limite. C'est là que nous sommes allés ce jour-là. Cinquante ans avant ça avait été le centre ville, mais depuis on avait déplacé la gare et la grand-route avait été détournée sur la périphérie. La cote du quartier avait baissé, et elle ne pouvait guère aller plus bas qu'elle l'était maintenant.

Des baraques en ruine. Des hôtels à deux sous. Des bars miteux et des restaurants cradingues. C'était tout ce qu'il y avait à voir, et quelques rues plus loin il n'y en avait même pas tant. Il n'y avait plus que des immeubles abandonnés, ou des terrains vagues là où on les avait détruits, jusqu'à ce qu'on arrive à un pont, une sorte de viaduc qui passait au-dessus de l'ancienne voie ferrée pour déboucher sur une route abandonnée. Là, il y avait un ancien garage, encore en bon état, avec des appartements au-dessus. Et c'était là qu'habitait oncle Bud.

J'ai rentré la voiture dans le garage. Oncle Bud nous attendait. Il nous a pilotés au premier. Ça ne l'inquiétait pas plus que ça, ce qui s'était passé. A ce qu'il disait, ça ne changeait absolument rien. Non Kid, pas ça. Parfaitement, pas la moitié de ça. Tout allait comme sur des roulettes, et dans un jour ou deux on se roulerait dans la soie.

Fay est allée dans la chambre avec le gosse. Oncle Bud m'a poussé du coude, il a chuchoté qu'il n'y avait pas de quoi en vouloir à la petite dame. Elle avait ses nerfs, comme ça arrive à toutes les petites dames, et c'était notre boulot, à moi et à lui, de garder la tête froide, pas vrai, Kid ?

— C'est bien mon intention, oncle Bud.

— Voilà qui est parlé, mon garçon ! J'aime les types comme toi, Kid. Bon, reste tranquillement assis, je vais m'occuper de vous immédiatement.

Je l'ai bien examiné quand il a tourné le dos. Je l'ai encore regardé sous tous les angles quand il est revenu et qu'il a commencé à empiler des légumes, de la bière et du whisky sur la table. Et j'ai vu qu'il n'avait pas d'arme. Tout allait bien pour lui, à ce qu'il croyait, et il n'avait aucun besoin de porter une arme.

— Voilà, Kid. (Il montra la table du geste.) Tu vois quelque chose que j'aurais oublié ? Si tu penses à quelque chose, dis-le sans hésiter.

— Il y en a trop. On n'aura pas besoin de tout ça.

— Ça, on ne sait jamais. Je ne veux pas que vous

manquiez de quoi que ce soit, avec Fay, et vous aurez peut-être à vous terrer un bon moment.

Je me suis marré tout seul. J'ai dit que j'étais sûr qu'il n'y aurait aucun problème.

— Tu crois? (Il me regarda vivement.) Mais ils trouveront le docteur dans la matinée, pas vrai? Vous n'aurez pas trop l'occasion de vous balader, après ça.

— Ça, c'est bien vrai, dis-je.

— Enfin, heu, dit-il en hâte, ce que je veux dire, c'est que vous aurez peut-être envie de quelque chose, et que je ne serai pas là pour aller vous le chercher.

— Bien sûr. Mais on a tout ce qu'il faut. Tu n'as vraiment aucun souci à te faire, pour ça.

Il hésita, commença à dire quelque chose d'autre. Puis il a laissé tomber. Il a dû se dire que c'était encore une de mes conneries, et il a débouché une bouteille de whisky. On en a pris un verre. Il continuait à délirer, à m'expliquer que tout baignait dans l'huile. Et j'acquiesçais, et je souriais, et je lui disais qu'il avait bien raison.

La plaisanterie serait de courte durée. Avant peu, j'allais lui enlever toute envie de rire. Alors je l'ai laissé s'amuser pendant qu'il le pouvait encore.

Fay est sortie de la chambre et elle a préparé un œuf et du lait pour le gosse. J'ai regardé de la porte pendant qu'elle essayait de le lui faire avaler, mais ça ne voulait pas descendre. Il n'avait ni la force, ni l'estomac pour ça.

Elle a rapporté l'assiette et le verre à la cuisine. Oncle Bud lui a fait le coup du tout-baigne-dans-l'huile, et elle est restée là à le regarder jusqu'à ce qu'il ait fini. Jusqu'à ce que les mots agonisent dans sa gorge. Après ça elle s'est versé un plein verre et est allée s'asseoir dans un coin avec.

Le soir est tombé. Oncle Bud a préparé à manger, il a fait des sandwiches à la viande et de la salade de pommes de terre et il a ouvert des boîtes et des machins.

J'en ai avalé un bon paquet. Fay a pris un sandwich et s'est resservie en whisky. Oncle Bud n'a rien avalé.

— Je mangerai un morceau plus tard, dit-il, et il vida son verre. J'ai pas vraiment faim pour l'instant, je prendrai quelque chose en ville.

Je n'ai rien dit. Il s'est versé un autre verre. Il s'agitait sur sa chaise.

— Faut que je reste en contact, tu comprends, Kid. C'est pas le moment de se relâcher. On devrait toucher l'argent dans moins de vingt-quatre heures. Et si les flics s'essaient à un coup bas de dernière minute — ça s'est déjà vu, tu sais — c'est à moi de le découvrir.

J'ai attendu, toujours sans rien dire. Je me contentais de le regarder. Il a rempli son verre à nouveau.

— Ouais, marmonna-t-il, parfaitement, faut que j'ouvre l'œil et le bon, jusqu'à ce qu'on ait le fric. Tu... heu... je suppose que vous saurez vous débrouiller tout seuls ici, hein ?

Je lui ai souri. Rien d'autre. Il a jeté un coup d'œil nerveux à Fay et elle l'a regardé d'un œil vide.

— Je crois que ça se goupille pas trop mal. On a du mal à tenir tous ici, alors c'est aussi bien que je sorte. Je, heu...

Il s'arrêta, joua avec les boutons de sa veste.

— Besoin de rien, sûr ? Vous tiendrez jusqu'à demain soir ? Bon, ben je vais y aller.

Alors j'ai parlé. Je lui ai dit d'attendre et de ne pas

bouger, parce que Fay, le gosse et moi, on allait l'accompagner.

Ça l'a fait rire. Il a mis son chapeau et il a commencé à se lever. Et puis il a réalisé ce que je venais de dire, et il est retombé sur sa chaise.

— M'ac... m'accompagner ? bégaya-t-il. Pour... pour quoi faire ?

— Pour la même raison que toi, dis-je. Pour aller chercher le fric.

Il a ouvert la bouche toute grande. Il est devenu rouge comme une pivoine.

— K...Kid, je... je... C'est pas encore le moment. Tu sais bien, Kid ! ça doit se passer demain soir !

— Ouais ? Qu'est-ce que j'en sais ?

— Mais... mais, parce que ! C'est ce qu'on a toujours prévu ! J'ai laissé soixante-douze heures à la famille.

— A partir de quand ? A partir du moment où j'ai enlevé le gosse ? A partir du moment où tu as posté la demande de rançon ? A partir du moment où ils l'ont reçue ? De la nuit suivante ? De la saint-glinglin ?

— Heu, eh bien, c'était...

— Laisse tomber. Ça n'a aucune importance. Ça ne change rien. Peut-être que tu n'avais pas l'intention de nous doubler dès le départ, mais tu ne laisserais pas passer une occasion pareille. Fay et moi bloqués ici. Les flics aux trousses dès demain matin. Et toi libre comme l'air.

J'ai secoué la tête, et j'ai fait signe à Fay.

— Prépare le gosse. On va s'en aller.

Elle s'est levée et elle est allée dans la chambre, sans un mot. Elle l'a ignoré quand il lui a dit d'attendre, de dire au Kid qu'il était marteau. Elle a fermé la porte. Il a gardé ses yeux dessus, désespérément.

— Très bien, Kid. L'argent n'est pas là-bas, mais si ma parole ne te suffit pas je vais te le prouver. C'est complètement idiot d'envoyer l'intermédiaire maintenant. C'est dévoiler notre jeu. Mais si c'est ce que tu veux...

— Ce n'est pas ce que je veux, dis-je. On va aller chercher l'argent nous-mêmes.

CHAPITRE XX

Ça l'a assis. Oncle Bud eut l'air sur le point de s'évanouir.

— *Non !* Non, tu ne parles pas sérieusement, Kid. Emmener le gosse à la gare ? M... mais bon Dieu, on sera à peine descendus de voiture qu'il sera déjà repéré.

— Très bien. Alors il restera dans la voiture. On n'ira qu'à trois. Toi, moi et Fay.

— Le laisser ? C'est encore pire, nom de nom ! Il pourrait s'agiter. Quelqu'un pourrait jeter un coup d'œil dans la voiture.

— C'est bien possible. Et personne ne s'amusera à lui faire quoi que ce soit pour veiller à ce qu'il ne s'agite pas.

— Eh bien alors ? Tu vois bien toi-même que ton idée ne peut pas marcher, Kid.

— Fay n'a pas confiance en moi. Je n'ai pas confiance en elle. Et on n'a pas confiance en toi. Mais sur ce dernier point, ça peut s'arranger: On va se garer pas trop loin de la gare, que je te voie entrer et sortir. Si tu n'es pas de retour au bout d'un quart d'heure, je te donne aux flics.

— Mais... Kid ! Kid ! (Il se passa une main sur la

figure.) ça ne… c'est pas possible ! Et si vraiment l'argent n'était pas là ?

— Il est là. Nous le savons tous les deux. Tu vas aller le récupérer. Tu vas y aller toi-même, ou on y va tous les trois.

— Mais on ne peut pas ! On ne peut pas laisser le gosse dans la voiture comme ça.

— Alors ça nous ramène à notre point de départ, pas vrai ? C'est toi qui vas chercher l'argent, et ne mets pas plus d'un quart d'heure.

— Mais… mais…

Sa bouche remuait dans le vide. Il baissa les yeux sur le plancher, secoua la tête, la balançant de droite et de gauche au point que j'ai vu le moment où elle allait se décrocher. Quand enfin il m'a regardé à nouveau, il était vert de trouille, mais en même temps il était tout rouge. Oncle Bud était malade — vraiment malade, tellement il avait peur. Mais il avait honte, aussi.

— Kid, je crois qu'il faut que je te dise quelque chose. Ce coup-là je… Il n'y avait pas grand risque, comme je voyais les choses. Avec l'intermédiaire pour aller chercher l'argent, tu comprends, et ce poivrot pour servir de cible si ça tournait mal. Je… Ben, je n'avais pas besoin de savoir si les flics tendraient un filet sur le lieu du paiement. Je veux dire, s'ils le faisaient ce n'est pas moi qu'ils attraperaient. J'avais rien à perdre à part le blé. Je… je…

Il s'humecta les lèvres.

— Continue.

— Ben, heu, l'argent, justement. S'ils marquaient les billets, ou s'ils relevaient les numéros de série… C'était pas grave non plus, comme je voyais ça. Merde, toutes ces petites coupures — des billets de vingt maximum — ils ne pourraient pas les suivre. Il y en a trop en circulation, et le temps qu'ils remontent jusqu'à... Eh bien, je ne crois pas qu'ils pourraient. Pour commencer je ne voyais pas la famille s'amuser à ça, ils seraient bien trop inquiets pour le gosse. Et si vraiment ils déconnaient, eux ou les flics, ça ne les mènerait nulle part. Alors... Alors voilà.

Il s'arrêta, me jeta un regard suppliant.

— Tu comprends, Kid ? Tu comprends où je veux en venir ?

J'acquiesçai. Je comprenais tout à fait, et j'eus pitié de lui. Mais pas autant qu'il l'espérait, pas après ce qu'il m'avait fait. Sans lui je n'en serais pas là. Je n'aurais pas frappé Doc, le seul type qui ait jamais fait quelque chose pour moi. Le petit ne serait pas en train de mourir. Et Fay et moi — les choses auraient pu être différentes entre nous. Difficile de savoir, à présent. Perdus comme on l'était, on pouvait tout aussi bien basculer d'un côté que de l'autre. Ça aurait pu être du bon côté. Ça aurait pu marcher.

Si oncle Bud nous avait laissés en paix.

— Je t'ai menti, Kid. J'ai pas le moindre contact chez les flics. La plupart des types que je connais ne m'adressent même plus la parole. Dès qu'ils voient ma gueule ils changent de trottoir. Je suppose que je peux pas leur en vouloir, mais c'est comme ça de toute façon. Je ne sais pas ce qu'ils mijotent. Je me disais que je pouvais m'en tirer sans ça. Si ça devait mal tourner, c'est quelqu'un d'autre qui en ferait les frais, et... Et naturellement, je ne voulais pas impliquer qui que ce soit.

— Restons-en là. Tu ne sais rien. Tu ne sais pas si le type qui ira chercher l'argent ne va pas tomber dans un piège.

— Exactement, Kid.

— Eh bien tu vas le savoir sous peu, dis-je. Tu vas être vite fixé, crois-moi.

... On est restés assis là une demi-heure de plus, et il n'a pas arrêté de parler de tout ce temps. Il demandait à genoux, il suppliait, il a même pleuré un peu sur la fin. Les mots sortaient de sa bouche en cascade et ils ne signifiaient rien pour moi. Je ne les entendais même pas. C'était juste un bruit, une série de bruits qui s'échappaient d'un visage blanc et nauséeux. Je n'y faisais pas spécialement attention. Ça ne changeait rien, qu'il fasse du bruit ou non. Les autres lui avaient toujours été indifférents. Ce qu'ils disaient lui avait toujours été indifférent. C'était son tour à présent. Il n'avait aucune importance. Ce qu'il disait n'avait aucune importance.

J'étais tous ces gens-là, tous les autres, et je ne pouvais ni le voir, ni l'entendre.

Enfin il s'est arrêté de parler. Il s'était bousillé la voix, à force. J'ai vidé mon verre et je l'ai reposé sur la table.

— Tu vois autre chose ? Si tu as fini, on va y aller.

— Y al... y aller ? Mais Kid, je viens de...

— Très bien. On est pas si pressés. Cause aussi longtemps que tu veux, et après on y va.

Ses yeux se remplirent de larmes. Ses lèvres tremblèrent, et il parvint à ouvrir la bouche, mais aucun son n'en sortit. Je lui souris. Je lui demandai encore une fois s'il voyait autre chose à dire.

Oncle Bud me regarda stupidement, hésita, et fit un dernier essai :

— Je connais pas mal de monde du côté de la gare, Kid. Des types qui ne m'ont pas à la bonne. Si l'un d'eux est en contact avec Bert...

— Continue. Tu vas me faire peur.

— Ça se pourrait, Kid ! Il descend toujours en ville pour souper, et s'il a fait passer le mot de me rechercher... Et tu sais très bien qu'il l'a fait ! Tu sais très bien qu'on l'a déjà prévenu une fois !

— Hmm... hmm ! Je n'en sais rien, et toi non plus.

— Me fais pas ça, Kid ! (A nouveau, ses yeux étaient pleins de larmes.) S'il te plaît, me fais pas ça. Si un de ces types appelle Bert, il sera là en cinq minutes.

— Cinq minutes, tout ça ? (Je lui souris.) Tu ne crois pas que trois lui suffiront ?

— Je t'en supplie, Kid ! J'ai un mauvais pressentiment. Si les flics ne me chopent pas, je...

— La ferme ! Debout maintenant, on y va. Je peux plus te regarder, ça me rend malade.

CHAPITRE XXI

Je suis monté à l'arrière avec le gosse. Fay a pris le volant, et oncle Bud est passé devant avec elle. On n'a pas échangé trois mots pendant le trajet. A quelque trois rues de la gare, j'ai fait signe à Fay de stopper et à oncle Bud de descendre.

Il était à peu près sept heures et demie, l'heure creuse de la soirée. L'heure de pointe était passée et il était trop tôt pour ceux qui allaient au restaurant ou au spectacle.

Oncle Bud a descendu la rue. Il n'y avait pratiquement personne. Il se retourna près du carrefour et regarda dans notre direction. Il traversa le croisement, jeta un nouveau regard en arrière. Il hésitait, il en vacillait presque — trop effrayé pour continuer, sachant que c'était ça ou rien. Puis il repartit, d'un pas plutôt rapide. Je crois qu'il avait hâte d'en finir et de savoir.

Je me mis au volant et fis coucher le gosse sur le plancher, à l'arrière. Puis je descendis la rue derrière oncle Bud, laissant aller la voiture, me maintenant à bonne distance.

La gare occupait tout un bloc de l'autre côté de la rue. Je me suis arrêté à bonne distance et j'ai coupé le contact. J'ai regardé oncle Bud monter les imposantes marches de marbre et disparaître à l'intérieur.

Je me penchai un peu sur mon siège et regardai l'heure à l'horloge de la gare. Il était moins vingt. Il avait jusqu'à moins cinq pour revenir avec l'argent. S'il n'était pas de retour d'ici là...

Dans un sens, j'espérais que non. Parce que je pensais exactement ce que je disais quand je parlais d'appeler les flics, comme ça tout se terminerait d'autant plus vite. Et c'était tout ce que je demandais, à présent. En finir, voir la fin de tout ça. Parce que ça ne pouvait que mal se terminer ; rien de bien, rien de bon ne pouvait sortir de tout ça maintenant, alors plus vite ça se finirait mieux ce serait.

J'y aurais mis fin moi-même si j'avais pu. Mais d'une façon ou d'une autre je ne pouvais pas, et je ne trouve pas ça tellement étonnant. En chaque homme il y a quelque chose qui le pousse à continuer longtemps après qu'il a perdu toute raison de le faire. Même s'il n'est pas fait pour vivre, même si la vie n'est pas faite pour lui, même s'il sait que ce sera toujours ainsi. Il ne peut pas laisser tomber. Il y a toujours quelque chose qui le pousse en avant, une petite voix qui parle d'espoir au cœur même du désespoir. Qui lui fait croire qu'il a raison de s'accrocher au terrain et de se battre, et que s'il se bat suffisamment longtemps il s'en sortira.

C'est comme ça pour tout le monde ou presque, je crois bien. Dans mon cas ça a presque toujours été comme ça. Pendant des années, aussi loin que je m'en souvienne, j'ai continué quand ça n'avait apparemment plus de sens. Et je devais continuer maintenant. Si ça devait s'arrêter quelque part, il faudrait y mettre fin pour moi.

Oncle Bud était parti depuis un peu plus de cinq

minutes. Ça faisait cinq minutes, en fait, qu'il était dans la gare. Je reportai mon regard de l'horloge sur les hautes portes du bâtiment, et je vis un homme jaillir d'une d'entre elles et s'arrêter en haut des marches. Il avait quelque chose à la main — une lampe-torche. Il l'actionna trois fois. Elle était rouge.

Pendant une minute ça ne signifia rien pour moi. Je me disais simplement, bon, voilà un type avec une lampe rouge, et alors ? Puis Fay se redressa en étouffant un cri et se tourna vers moi, le visage livide dans la demi-pénombre.

— C... Collie ! là !

Elle montrait du doigt. Mais j'avais déjà l'œil dessus. La rue, tout d'un coup, venait de s'animer.

Deux voitures de police avaient pris place de chaque côté du carrefour juste devant nous. Deux autres avaient stoppé au croisement suivant, bouclant les rues transversales. Et au carrefour d'après, une voiture était en travers de la route, et un flic faisait dévier la circulation.

— Collie ! murmura Fay. Collie ! Que... qu'est-ce qu'ils font ?

— C'est un filet. Ils l'ont repéré dès qu'il a pris le fric, mais ils ont peur d'agir au milieu des gens. C'est sûrement ça la raison.

— Mais fais quelque chose ! Tirons-nous d'ici ! Oh ! Collie, je... je...

J'ai eu un mauvais regard, j'ai repoussé sa main d'une secousse. C'était ce que je voulais, vous comprenez, que ça se termine. Et je me disais que c'est ce qu'elle aurait dû désirer, elle aussi. C'était bel et bien ce qu'il lui fallait, qu'elle le veuille ou non. Parce qu'elle n'était pas faite pour vivre, parce qu'elle se porterait bien mieux crevée ou enfermée à vie. Et j'ai commencé à le lui dire. Et puis...

Quand on n'a plus rien à foutre de ce qui va arriver, toute la tension disparaît. Les soupçons, l'angoisse, la peur — tout ce qui brouille votre perception — sont balayés. Et on peut enfin voir les gens comme ils sont. Comme ils sont vraiment. Comme j'ai vu Fay à ce moment-là.

Faible et terrifiée. Et s'apitoyant sur son sort, peut-être bien. Mais bonne, aussi. Aussi profondément bonne que peut l'être une femme, et se haïssant de ne pas être meilleure. Ce qu'elle avait prévu, c'était d'appeler les flics pour leur dire que le gosse était dans l'égout, après qu'on se fut barrés. Je le savais à présent. Je savais que si ça avait dû en arriver là, elle aurait donné sa vie pour le protéger. Je le savais, tout simplement, et soudain j'ai voulu qu'elle vive.

Soudain ça avait un sens. C'était le seul sens que pouvait avoir ma vie à moi. J'avais l'impression d'avoir vécu pour ça. Que c'est pour ça qu'on m'avait fait comme j'étais. Pour lui montrer quelque chose, pour lui prouver quelque chose — pour faire pour elle ce qu'elle pouvait faire toute seule. Pour la protéger, afin qu'elle puisse continuer. Qu'elle ait cette raison de vivre que je n'ai jamais eue.

Je tournai la clé de contact. Puis je jetai un coup d'œil par-dessus mon épaule, hésitai, et renonçai. Parce que c'était trop tard, bien sûr. Tout le secteur avait été cerné en même temps. La rue était barrée derrière nous et un flic en moto venait dans notre direction.

J'eus à peine le temps de vérifier que le gosse était bien couché, qu'il surgissait à côté de moi, en freinant avec les pieds. Je me penchai par la vitre, lui souris, et il me braqua sa lampe-torche dans la figure. Il la laissa sur moi un moment, puis il la tourna vers Fay, puis il la reporta sur moi.

— Quelque chose qui ne va pas ? dis-je, tout en faisant des vœux pour qu'il ne voie pas le gosse. C'est interdit de se garer ici ?

Il grogna, ne détourna pas la lampe.

— Qu'est-ce que tout ce remue-ménage ? dis-je. Pourquoi toutes ces voitures de police ? Ma femme et moi on était simplement assis là à...

— Pourquoi ?

Il éteignit la lampe.

— Vous avez quelque chose à faire ici ? Vous attendez quelqu'un ?

C'était un type assez âgé, la cinquantaine peut-être. Il était un peu tassé, comme ça arrive à tous les motards, et il avait le visage épais et le regard dur.

— On attend un copain à moi, Jack Billingsley. Il arrive de l'est vers huit heures et demie, il arrive en train. On l'attend.

— C'est comment votre nom ? C'est votre voiture ? Faites voir les papiers, dit-il d'une traite.

Je lui ai donné mon nom correctement, William Collins.

— C'est bien notre voiture, mais on a quitté la maison à toute allure ce soir, et je ne suis pas sûr que... (Je me tournai vers Fay.) Je crois que c'est toi qui as les papiers, chérie. Dans ton sac, non ?

Elle ouvrit le sac en tâtonnant. Elle se mit à fouiller dedans, déplaçant de-ci de-là le barda qu'il y avait à l'intérieur. L'expression du flic se fit soupçonneuse et il se pencha sur moi.

— Je vous ai déjà vu quelque part. Comment vous avez dit que vous vous appelez ?

— Collins. Nous attendons un ami à moi, Jack Billingsley. Son train doit bientôt arriver.

— Je vous ai déjà vu. Déjà eu affaire à la police ? Qu'est-ce que vous faites dans la vie ? Et ces papiers, madame ?

— Non, je n'ai jamais eu affaire à la police. Vous devez me confondre avec quelqu'un d'autre. J'ai raccroché maintenant, mais avant je...

— Je vous confonds avec personne. Je vous ai déjà vu. Faites voir votre permis.

Il jeta un coup d'œil à l'arrière. Je pensai au gosse et je rapprochai ma main du pistolet dans ma poche, mais ses yeux revinrent sur moi. Puis il me braqua à nouveau la torche dans la figure.

Et soudain il me prit par le bras.

— Bougez pas ! (La lumière m'aveuglait complètement.) Comment vous avez dit que vous vous appelez ?

— Collins.

— Eh ouais ! Ouais, bien sûr, c'est ça ! (Il rit et me lâcha le bras.) Kid Collins, bon sang, bien sûr. C'était sur la côte Ouest. J'ai gagné vingt-cinq dollars en misant sur vous.

Il me serra la main, se pencha à l'intérieur et serra la main de Fay.

— Vous dites que vous avez raccroché, Kid ? Vous habitez dans le coin ? Je voulais pas vous faire d'ennuis, à votre femme et à vous, mais ça fait si longtemps et étant donné que vous étiez là avec tout ce micmac...

— Qu'est-ce qui se pase ? dis-je, innocemment. Il y a du vilain ?

— Vous l'avez dit. (Il jeta un coup d'œil pardessus son épaule.) Voyons voir. Je crois que vous ayez intérêt à démarrer maintenant, mais peut-être... Reculez un peu par là, Kid. Venez vers le milieu du bloc.

Je démarrai et partis en marche arrière. Il recula avec moi, se propulsant comme qui dirait avec les pieds. Et je devais regarder où j'allais, bien sûr, et garder un œil sur lui aussi. C'est pour ça que j'ai raté ce qui s'est passé.

Je ne vis pas oncle Bud sortir de la gare, avec la valise, et Bert juste sur ses talons. Je ne le vis pas essayer de s'enfuir et d'échapper à Bert. Je regardais derrière moi jusqu'à ce que j'entende le coup de feu, et le temps que je me retourne c'était pratiquement terminé.

Oncle Bud s'était répandu sur les marches. Bert avait pris la valise et se dirigeait à nouveau vers les portes. Et il avait à peine fait deux pas que les flics — les inspecteurs en civil qui se trouvaient à l'intérieur — l'arrêtèrent net.

Il hurla. Un seul cri, que j'entendis par-dessus le fracas des détonations. Puis il partit en titubant à reculons, toujours accroché à la valise, trébucha et roula au bas des marches jusqu'à ce que son corps heurte le trottoir.

— Voilà, ça y est. (Le flic me fit signe.) Je crois qu'il faudra revenir chercher votre ami un peu plus tard, Kid. Ça va chauffer dans le secteur.

— Ouais, c'est ce qu'on dirait.

— N'avez qu'à faire demi-tour ici, et je ferai signe aux gars de vous laisser passer.

Je fis demi-tour dans la rue, et je revins vers le carrefour. Il fit signe, les flics me laissèrent passer, et j'ai continué sans m'arrêter.

CHAPITRE XXII

J'ai roulé pratiquement jusqu'à l'aube, sans but précis, me contentant d'avancer — de continuer — jusqu'à ce que vienne le moment d'arrêter. Je ne savais pas quand ce serait, mais j'avais dans l'idée que ce n'était plus très loin. Et que je saurais quand ce serait là. Les choses se mettraient en place d'elles-mêmes, et je pourrais m'arrêter de vivre et Fay pourrait continuer. Tout ça arriverait au moment voulu, un moment tout proche, et dans l'intervalle il fallait que j'avance.

Finalement, peu avant que le jour se lève, je quittai la grand-route pour une ancienne piste. Elle disparaissait sous l'herbe et la broussaille au point qu'on pouvait à peine la voir, et elle finissait par se perdre dans une jungle d'arbustes nains. Je me suis enfoncé dedans. Et quelques centaines de mètres plus loin, le terrain descendait en pente douce vers une petite rivière. Elle était presque à sec, juste un filet d'eau entre deux rives escarpées, alors j'ai engagé la voiture dedans et je me suis arrêté. Il fallait bien. Avec cette piste que personne ne repérerait jamais et la voûte des arbres au-dessus, c'était juste ce qu'il me fallait. L'endroit parfait pour attendre que les choses se mettent en place d'elles-mêmes. Et maintenant que j'y étais il n'y avait plus d'essence dans le réservoir.

Fay avait emporté une pleine bouteille de whisky en partant de chez oncle Bud. Elle avait commencé à la vider sitôt qu'on était sortis des mains des flics. Elle était dans le cirage à présent.

Je rebouchai la bouteille et la déposai sur le sol. Je jetai un coup d'œil au gosse. Il dormait. Il n'était pas simplement inconscient, il dormait vraiment. J'ai remonté un peu sa couverture et je me suis endormi à mon tour. Je pouvais me le permettre, comme Fay était dans les vapes. Elle allait y rester des heures, et puis je ne dormirais que d'un œil.

Je m'éveillai vers midi, quand le gosse commença à s'agiter. Je sortis sans faire de bruit, le pris dans mes bras et l'étendis sur le sol. Je remplis d'eau un gobelet rouillé et lui donnai à boire. Puis je le laissai faire pipi, lui lavai la figure et les mains, et le ramenai. Je ne pouvais rien faire d'autre pour lui, et il voulait remonter dans la voiture. Rien que ce petit effort l'avait épuisé.

Je suis remonté aussi. Il restait un bon quart de whisky dans la bouteille, c'est-à-dire qu'il en restait un peu plus du quart, et c'était plus que Fay n'en aurait besoin. Alors j'en ai pris une bonne rasade avant de reboucher à nouveau la bouteille.

Fay s'éveilla tard dans l'après-midi. Elle but un coup et sortit quelques minutes. Quand elle revint, elle regarda le gosse, elle essaya de lui parler — de lui demander comment il se sentait, des choses comme ça. Et puis elle reprit sa place à côté de moi et s'empara de la bouteille.

— Alors l'idiot ? Qu'est-ce qu'on fait maintenant ?

Je haussai les épaules.
— Qu'est-ce que j'en sais ? Fais-moi signe si tu as une idée.
— Merde ! (Elle secoua la tête, incrédule.) Merde ! Quelle poisse ! Tout le foutu pays à nos trousses. Pas d'argent, pas de voiture, ce gosse à moitié mort, et... (Sa voix se brisa. Elle reprit un bon coup au goulot.) Quelle poisse ! Quel luxe ! Tout ce qu'on peut rêver, avec un cinglé en prime.
— Je ne suis pas cinglé. Je suis juste...
— Non, même pas ! Tu es juste vicieux et pourri et nul ! Je te plaindrais peut-être si tu étais vraiment cinglé, mais... Aah, laisse tomber. Mets la radio.
J'ai mis la radio. On est restés tout l'après-midi à l'écouter, et c'était toujours plus ou moins la même chose. Beaucoup de mots pour peu de faits concrets. Ou plus exactement, ce qu'ils prenaient pour des faits concrets.
Bert et oncle Bud étaient morts avant d'avoir pu parler. La surveillante « pensait » que Bert était le kidnappeur, et les flics « pensaient » que lui et oncle Bud étaient les principaux instigateurs du crime. A ce qu'ils supposaient, Fay et moi n'étions que du menu fretin. Deux vulgaires comparses, sans plus.
Puis une voix familière passa sur les ondes — celle de Doc Goldman.
Doc Goldman n'était pas certain que Fay fût réellement complice. Il pensait qu'elle pouvait avoir agi sous la contrainte. Quant à moi, eh bien, je n'étais pas totalement responsable. Je savais ce que je faisais, donc je pouvais être tenu pour responsable aux yeux de la loi. Mais j'avais effectivement essayé de sauver la vie du gosse — j'avais risqué d'être découvert et capturé pour voler cette insuline. De plus, il était très possible qu'on m'ait forcé à

participer au crime, tout comme Fay. Ça se pouvait, bien que je l'aie frappé, séquestré. C'était une réaction naturelle pour un type comme moi, s'il se sentait en danger. A chaque fois que je me sentais vraiment en mauvaise posture, je n'avais pas d'autre issue que la violence.

C'était une théorie bien mince, évidemment; cette histoire comme quoi on m'avait forcé, je veux dire. Il y avait tout un tas de trucs qu'on ne pourrait pas faire coller là-dedans, et ce n'est certainement pas moi qui allais essayer. Pourtant, considérant certains faits, c'était rassurant à entendre. Et ce que Doc et les flics pensaient de Fay était encore bien mieux. Tout ce qu'il lui fallait maintenant, c'était quelque chose qui couronne le tout. Qui satisferait tout le monde et qui la blanchirait une fois pour toutes.

Doc parla un bon moment de nous — et il nous parla. Il nous suppliait de nous rendre, si nous avions le gosse. *Si* nous l'avions. Nous ne pouvions pas nous en tirer. Tôt ou tard nous serions forcés d'abandonner. Alors si le gosse était vivant, si Bert ou oncle Bud ne l'avaient pas tué, s'il était avec nous...

La batterie s'épuisait. La voix de Doc se faisait de plus en plus faible, et pour finir elle s'éteignit complètement. Et il faisait nuit à nouveau.

J'entendis Fay qui buvait un coup. Je l'entendis prendre une longue, longue gorgée et balancer la bouteille par la portière. Avec ça elle devait être à point. Elle devait avoir retrouvé tout son courage, et son côté garce devait remonter à toute allure. Dans un état pareil elle serait prête à tout.

Et ils ignoraient qu'on avait le gosse. Le motard avait dit qu'on ne l'avait pas, et c'est aussi ce qu'avaient dit les flics qui nous avaient laissé passer. Peut-être qu'ils croyaient vraiment avoir regardé, peut-être qu'ils voulaient juste se couvrir. Mais de toute façon, personne ne savait la vérité.

Fay alluma une cigarette. Le bout scintilla dans l'obscurité, illuminant son visage comme elle aspirait une longue bouffée.

— Bon, on sait ce qui nous reste à faire. Finissons-en.

J'acquiesçai. Je dis que ouais, on ferait aussi bien.

— Juste une chose, Collie…

Elle hésita. Sa voix se radoucit un peu.

— Tu as fait des trucs plutôt impardonnables, mais je sais que tu n'étais pas responsable. Tu croyais que j'en avais après le gosse. Quoi que j'aie pu dire, je regrette.

— Oublie ça, Fay. C'est entièrement ma faute. Je pensais qu'il valait mieux garder le gosse en vie, mais je crois que c'est la plus belle connerie que j'aie jamais faite.

— En tout cas, peu importe à qui la faute, je… *Hein ?* (Elle se retourna brusquement.) M… mais, Collie, qu'est-ce que tu veux dire ?

— Tu ne vois pas ? Tu me traites d'idiot, et tu ne vois pas ce que je veux dire ?

— N… non. Non, je ne vois pas !

— Aah, me fais pas croire ça ! C'est Bert qui a accompli le kidnapping proprement dit, pas vrai ? Avec oncle Bud on peut leur mettre sur le dos pratiquement tout ce que j'ai fait, non ? Et toi…

— Collie, coupa-t-elle. Où veux-tu en venir ?

— Et toi, continuai-je, tu n'as presque aucun souci à te faire. Tu es cent fois mieux barrée que moi. Une femme qui habitait toute seule. Bert et oncle Bud t'ont menacée, et tu as marché parce que je t'ai filé une trouille bleue.

— Collie, je t'ai posé une question. Où veux-tu en venir ?

— Tu ne vois vraiment pas ? fis-je en riant. Remarque, ça ne m'étonne pas tant que ça. Tu as déjà le beau rôle, et le gosse ne te fera pas grand mal s'il parle. Mais à moi, il m'en fera énormément. Alors... alors voilà, s'il te faut les points sur les i. Il ne dira rien.

Pendant un moment Fay me regarda fixement, sans rien dire, sans bouger. Puis, sans cesser de me fixer, elle déplaça sa main et laissa tomber son mégot par la vitre. Elle secoua lentement la tête.

— Tu ne parles pas sérieusement. Ce n'est pas possible. Tu... tu as traversé plus que même quelqu'un de normal pourrait le supporter, et tu es à bout de nerfs. Tu n'y penses pas vraiment, chéri. Je connais bien mon Collie, et je sais bien qu'il...

Je ris. Ça l'arrêta net.

— Tu y as vraiment cru, pas vrai ? Pas étonnant, remarque, avec tout mon entraînement. Ça fait presque quinze ans que j'ai commencé... J'étais inculpé de meurtre, tu comprends, et c'est la seule idée qui m'est venue à l'esprit. Alors j'ai commencé ma comédie, et c'est comme ça que je m'en suis tiré. Et puis il y a eu l'armée, et ça m'a tiré de là aussi. Ça semblait si bien fonctionner que je me suis mis à jouer la comédie à plein temps.

— *Quelle* comédie ? De... de quoi parles-tu ?

— Cette salade, comme quoi je suis cinglé. (J'ai ri à nouveau.) Pardi, c'est mieux qu'une pension. Tout ce que j'ai à faire, c'est de me balader libre comme l'air, jouer au débile, et perdre mon contrôle quand les gens donnent dans le panneau. Et quand j'en ai ma claque, je n'ai qu'à me faire interner un moment. Ce sont des endroits plutôt chouettes, tu sais ; exactement comme un trois étoiles. Une chouette petite piaule pour toi tout seul et tout ce que tu veux à bouffer. Bon Dieu, tu n'as jamais rien connu d'aussi bien ! Et tu devrais voir comme ils se bousculent pour prendre soin de toi. Tiens, une fois, là où j'étais, on avait une infirmière pour chacun. De vraies mignonnes, qui n'étaient là que pour ton bien-être...

Je fis sonner ça aussi vrai que je savais le faire. J'en riais, je blaguais. Je lui mettais bien le nez dedans. Elle a d'abord essayé de m'interrompre une fois ou deux, et puis elle est juste restée là à écouter. Et progressivement, j'ai senti le changement qui s'opérait en elle. Je sentais ses derniers doutes céder la place au mépris, à la haine, au dégoût.

— Je ne sais pas pourquoi, les gens n'apprennent jamais, dis-je. Tu fais toutes sortes d'efforts pour te montrer tel que tu es, tu vois, pour prouver que tu es tout à fait capable de prendre soin de toi-même, mais on dirait qu'ils ne peuvent pas se le mettre dans le crâne. Ils croient toujours à ta petite comédie et sont pleins de compassion pour toi.

Je ricanai et allumai une cigarette. Je tins l'allumette en l'air un instant, le temps de prendre le pistolet dans ma poche et de vérifier le chargeur.

— Bon, je crois qu'il est temps d'en finir.

Comme je m'y attendais, elle essaya de m'arracher le pistolet. J'esquivai et le brandis en avant d'un coup. Fay hurla, comme elle l'avait fait l'autre fois dans la baraque.

— Je ne vais pas te tuer. Je vais juste t'amocher comme il faut, comme si il y avait eu lutte. J'essayais de t'empêcher de tuer le gosse, tu comprends, et le coup est parti accidentellement.

— P... pas ça, sanglota-t-elle. Fais-moi ce que tu veux, mais ne le tue pas.

— C'est une bonne idée, je trouve. C'est mieux que de simplement supprimer le merdeux et le laisser sur place. Après tout, c'est le pistolet d'oncle Bud et tu l'as connu bien avant moi.

Je me suis tourné sur le siège et j'ai ouvert la portière. J'ai ramené le pistolet vers ma hanche, mais je ne l'ai pas mis dans ma poche. Je l'ai laissé glisser à côté — comme si je l'avais ratée sans m'en apercevoir — il est tombé sur le siège. Puis je suis descendu en lui tournant le dos.

Il y a eu une explosion assourdissante, une seule, et je me suis écroulé au bord du ruisseau.

Pendant un instant tout resta silencieux. Puis j'entendis Fay se ruer hors de la voiture et prendre le petit avec elle. Elle s'éloigna en trébuchant, le bruit de ses pas diminua, diminua... et puis il s'éteignit. Et je suis resté où j'étais, incapable de me retourner, le nez dans la boue. Et je me suis dit que c'était bien sa place, là où il avait toujours été. Et ça — ça, ce qui venait de se passer, c'est ce qui devait être. Il fallait qu'elle me déteste. Il faudrait qu'elle me déteste aussi longtemps qu'elle vivrait, quand elle penserait à ce qu'elle m'avait fait. Et... et ça... Ça aussi fallait que ce soit comme ça.

Mais j'aurais bien voulu qu'elle reste encore un peu. Juste un petit peu, les deux minutes qu'il me restait encore. Et si elle avait voulu parler méchamment ou me traiter de toutes sortes de noms, ça n'aurait pas eu d'importance, parce qu'elle était comme ça, vous comprenez. C'est seulement que Fay... Si seulement elle avait...

— ... Pauvre tête de clown! Tu pourrais pas vendre du cyanure dans un camp d'extermination!

— J'attends simplement un copain. Vous connaissez peut-être? Jack Billingsley... Les gros propriétaires... On allait vers la Californie et...

— La Californie, hein? Alors un aller simple pour New York!

— On est tombés en panne et je suis allé chercher de l'aide, et je crois bien que ce fichu cinglé de Jack Billingsley...

— Crétin! Idiot! Médor! Aboie un coup. Fais le beau et viens chercher ton sussucre...

... Ça m'a fait sourire, parce qu'elle n'entendait pas ça sérieusement, vous comprenez. J'ai aboyé, je crois que ça ressemblait plus ou moins à un aboiement; et j'ai bougé un peu, j'ai essayé de faire le beau. Et puis je me suis arrêté.

Je crois bien que je me suis arrêté pour de bon.

RIVAGES/NOIR

1. Jim Thompson : *Liberté sous condition*
2. Charles Williams : *La Fille des collines*
3. Jonathan Latimer : *Gardénia rouge*
4. Joseph Hansen : *Par qui la mort arrive*
5. J. Van de Wetering : *Comme un rat mort*
6. Tony Hillerman : *Là où dansent les morts*
7. John P. Marquand : *Merci, Mister Moto*
8. John P. Marquand : *Bien joué, Mister Moto*
9. David Goodis : *La Blonde au coin de la rue*
10. Mildred Davis : *Dark Place*
11. Joan Aiken : *Mort un dimanche de pluie*
12. Jim Thompson : *Un nid de crotales*
13. Harry Whittington : *Des feux qui détruisent*
14. Stanley Ellin : *La Corrida des pendus*
15. William Irish : *Manhattan Love Song*
16. Tony Hillerman : *Le Vent sombre*
17. Hugues Pagan : *Les Eaux mortes*
18. John P. Marquand : *Mister Moto est désolé*
19. Donald Westlake : *Drôles de frères*
20. Jonathan Latimer : *Noir comme un souvenir*
21. John D. Mac Donald : *Réponse mortelle*
22. Jim Thompson : *Sang mêlé*
23. William McIlvanney : *Les Papiers de Tony Veitch*
24. William McIlvanney : *Laidlaw*
25. Diana Ramsay : *Approche des ténèbres*
26. Donald Westlake : *Levine*
27. James Ellroy : *Lune sanglante*
28. Harry Whittington : *Le diable a des ailes*
29. John D. Mac Donald : *Un temps pour mourir*
30. J. Van de Wetering : *Sale temps*
31. James Ellroy : *A cause de la nuit*
32. Jim Thompson : *Nuit de fureur*
33. J. Van de Wetering : *L'Autre Fils de Dieu*
34. J. Van de Wetering : *Le Babouin blond*
35. Tony Hillerman : *La Voie du fantôme*
36. W.R. Burnett : *Romelle*
37. David Goodis : *Beauté bleue*
38. Diana Ramsay : *Est-ce un meurtre ?*
39. Jim Thompson : *A deux pas du ciel*
40. James Ellroy : *La Colline aux suicidés*

41. Richard Stark : *La Demoiselle*
42. J. Van de Wetering : *Inspecteur Saito*
43. J. Van de Wetering : *Le Massacre du Maine*
44. Joseph Hansen : *Le petit chien riait*
45. John D. Mac Donald : *Un cadavre dans ses rêves*
46. Peter Corris : *La Plage vide*
47. Jim Thompson : *Rage noire*
48. Bill Pronzini : *Hidden Valley*
49. Joseph Hansen : *Un pied dans la tombe*
50. William Irish : *Valse dans les ténèbres*
51. John D. Mac Donald : *Le Combat pour l'île*
52. Jim Thompson : *La mort viendra, petite*
53. J. Van de Wetering : *Un vautour dans la ville*
54. James Ellroy : *Brown's Requiem*
55. Jim Thompson : *Les Alcooliques*
56. W.R. Burnett : *King Cole*
57. Peter Corris : *Des morts dans l'âme*
58. Jim Thompson : *Les Arnaqueurs*
59. J. Van de Wetering : *Mort d'un colporteur*
60. W.R. Burnett : *Fin de parcours*
61. Tony Hillerman : *Femme qui écoute*
62. Kinky Friedman : *Meurtre à Greenwich Village*
63. Jim Thompson : *Vaurien*
64. Robin Cook : *Cauchemar dans la rue*
65. Peter Corris : *Chair blanche*
66. David Goodis : *Rue Barbare*
67. David Goodis : *Retour à la vie*
68. Barry Gifford : *Port Tropique*
69. J. Van de Wetering : *Le Chat du sergent*
70. Joseph Hansen : *Obédience*
71. Roger Simon : *Le Clown blanc*
72. Robert Edmond Alter : *Attractions meurtres*
73. Charles Williams : *Go Home Stranger*
74. John D. Mac Donald : *L'Héritage de la haine*
75. David Goodis : *Obsession*
76. Joseph Hansen : *Le Noyé d'Arena Blanca*
77. Jim Thompson : *Une combine en or*
78. Bill Pronzini : *La nuit hurle*
79. Joseph Hansen : *Pente douce*
80. Peter Corris : *Le Garçon merveilleux*
81. J. Van de Wetering : *Cash-cash millions*
82. Charles Williams : *Et la mer profonde et bleue*
83. Jim Thompson : *Le Texas par la queue*

84. Jim Nisbet : *Les damnés ne meurent jamais*
85. Howard Fast : *Sylvia*
86. Charles Willeford : *Une fille facile*
87. John P. Marquand : *Rira bien, Mister Moto*
88. Chester Himes : *Qu'on lui jette la première pierre*
89. Dolores Hitchens : *La Victime expiatoire*
90. William McIlvanney : *Big Man*
91. Masako Togawa : *Le Baiser de feu*
92. James Crumley : *Putes*
93. Geoffrey Homes : *Pendez-moi haut et court*
94. Geoffrey Homes : *La Rue de la Femme qui pleure*
95. George Chesbro : *Une affaire de sorciers*
96. Tony Hillerman : *Porteurs-de-peau*
97. James Ellroy : *Clandestin*
98. Tony Hillerman : *La Voie de l'Ennemi*
99. Charles Willeford : *Hérésie*
100. James Ellroy : *Le Dahlia noir*
101. J. de Wetering : *Le Chasseur de papillons*
102. Peter Corris : *Héroïne Annie*

RIVAGES/MYSTERE

1. Rex Stout : *Le Secret de la bande élastique*
2. William Kotzwinkle : *Fata Morgana*
3. Rex Stout : *La Cassette rouge*
4. John P. Marquand : *A votre tour, Mister Moto*
5. John Dickson Carr : *En dépit du tonnerre*
6. Rex Stout : *Meurtre au vestiaire*
7. Josephine Tey : *Le plus beau des anges*

Achevé d'imprimer le 1er février 1991
sur les presses de l'Imprimerie «La Source d'Or»
63200 Marsat
Dépôt légal Février 1991
Imprimeur N° 3882

2e édition